PASIÓN HÚNGARA

LOUISE FULLER

Editado por Harlequin Ibérica.
Una división de HarperCollins Ibérica, S.A.
Núñez de Balboa, 56
28001 Madrid

© 2015 Louise Fuller
© 2016 Harlequin Ibérica, una división de HarperCollins Ibérica, S.A.
Pasión húngara, n.º 2441 - 27.1.16
Título original: Vows Made in Secret
Publicada originalmente por Mills & Boon®, Ltd., Londres.

I.S.B.N.: 978-84-687-7380-3
Depósito legal: M-34558-2015
Impresión en CPI (Barcelona)
Fecha impresion para Argentina: 25.7.16
Distribuidor exclusivo para España: LOGISTA
Distribuidores para México: CODIPLYRSA y Despacho Flores
Distribuidores para Argentina: Interior, DGP, S.A. Alvarado 2118.
Cap. Fed./Buenos Aires y Gran Buenos Aires, VACCARO HNOS.

Capítulo 1

FRUNCIENDO el ceño, con un mechón de pelo oscuro cayendo sobre su frente, Laszlo Cziffra de Zsadany miró a la joven de liso pelo rubio, notando el contraste entre la inocencia de sus ojos grises y la apasionada promesa de sus carnosos labios.

Era preciosa. Tan preciosa que resultaba imposible no mirarla. Tal belleza podría seducir y esclavizar. Por una mujer así, un hombre renunciaría a un trono, traicionaría a su país y perdería la cabeza.

Laszlo sonrió, irónico. Incluso podría casarse con ella.

Pero la sonrisa desapareció de inmediato. Desazonado, se inclinó hacia delante para mirar la inscripción en la parte inferior del cuadro. *Katalina Csesnek de Veszprem*.

Aunque sus ojos estaban clavados en la inscripción, no podía dejar de pensar en el rostro de la modelo. ¿Qué tenía aquel cuadro que le resultaba tan inquietante? Pero mientras se hacía la pregunta sabía muy bien cuál era la respuesta.

La cólera se mezclaba con la tristeza mientras miraba ese rostro, sin ver a Katalina, sino a otra mujer cuyo nombre jamás era pronunciado, porque de hacerlo le quemaría en los labios. Además, no se parecía tanto. Había cierto parecido en el color de la piel, en los ojos, en la forma de la barbilla, pero eso era todo.

Desconcertado por las intensas emociones que despertaban en él esos ojos grises, miró por la ventana los verdes campos húngaros... y se quedó helado al oír el canto de un búho. Daba mala suerte escucharlo a la luz del día y entornó sus ojos dorados mientras levantaba la cabeza para buscar al ave en el cielo azul.

Tras él sonó un golpe cuando Besnik, su perro, se dejó caer pesadamente en el suelo. Suspirando, Laszlo alargó una mano para acariciar las sedosas orejas del animal.

–Tienes razón, necesito un poco de aire fresco –murmuró, chascando los dedos para que el animal se levantase–. Venga, vamos, antes de que empiece a ver duendes.

Caminó lentamente por los corredores del castillo. Las paredes recubiertas de madera brillaban bajo las luces y el familiar olor a cera y lavanda lo tranquilizó un poco mientras bajaba por la escalera de piedra. Pasó frente al despacho de su abuelo y, al notar que la puerta estaba entreabierta, asomó la cabeza. Su abuelo, Janos, estaba sentado frente al escritorio.

Se le encogió el corazón al ver su aspecto frágil y arrugado. Seis años después de la muerte de su mujer, Annuska, su abuelo parecía seguir llevando el peso de su muerte sobre los hombros. Vaciló por un momento y luego, despacio, cerró la puerta. El anciano parecía estar meditando y entendió que necesitaba estar solo.

Se preguntó por qué estaría despierto tan temprano, y entonces lo recordó. Seymour llegaba aquel día.

Era lógico que Janos no pudiese dormir. Coleccionar arte había sido su afición durante más de treinta años, una obsesión privada, personal. Pero aquel día, por primera vez, mostraría su colección a un extraño, un experto, Edmund Seymour, que viajaría hasta allí desde Londres.

Laszlo hizo una mueca. Desconfiaba instintivamente de los desconocidos y no le apetecía tener que soportar a un hombre con quien jamás había intercambiado una sola palabra, pero cuya compañía tendría que soportar durante semanas.

Asomó la cabeza en la cocina y dejó escapar un suspiro. Por suerte, Rosa no se había levantado. No estaba preparado para enfrentarse a ella. Aparte de su abuelo, el ama de llaves era la única persona a quien no podía ocultar sus sentimientos. Solo que, al contrario que Janos, Rosa era perfectamente capaz de interrogarlo.

Abrió la cavernosa nevera y dejó escapar un gruñido al ver los embutidos y ensaladas colocados en las estanterías. La comida había sido siempre un consuelo durante la larga enfermedad de su abuela. Para cuando murió, se había convertido en una pasión que lo había llevado a financiar un restaurante en el centro de Budapest. Había sido un riesgo y representó mucho trabajo, pero le gustaban ambas cosas y, en ese momento, era el propietario de una cadena de lujosos restaurantes.

Laszlo levantó la barbilla. Ya no era solo el nieto de Janos, sino un empresario millonario e independiente gracias a su trabajo.

Se sentía orgulloso de ser un Zsadany, pero ese apellido conllevaba ciertas responsabilidades. Como, por ejemplo, la visita de Seymour. Laszlo apretó los dientes. Si el maldito hombre llamase para cancelar la visita...

Su móvil empezó a sonar entonces y, sintiéndose tontamente culpable, lo sacó con manos temblorosas del bolsillo. Era Jakob, el abogado de la familia.

—Buenos días, Laszlo, pensé que ya estarías levantado. Temía que lo hubieses olvidado, así que llamo para recordarte que hoy tienes una visita.

Laszlo sacudió la cabeza. Qué típico de Jakob, llamar para verificar algo. Jakob Frankel era un buen hombre, pero no podía bajar la guardia con él, ni con nadie que no fuese de la familia. Después de lo que ocurrió la última vez, no volvería a hacerlo nunca.

–Sé que no me creerás, pero la verdad es que sí recordaba la visita de Seymour.

El abogado se rio, incómodo.

–Muy bien. Un coche irá a buscarlo al aeropuerto, pero si pudieras estar en casa para recibirlo...

–Por supuesto que sí –lo interrumpió Laszlo, irritado–. Estaré aquí para recibirlo. ¿Puedo hacer algo más?

Era lo más parecido a una disculpa.

–No creo que sea necesario –se apresuró a decir Jakob, el deseo de cortar la conversación le hacía olvidar su habitual deferencia.

Durante casi toda su vida, la afición de su abuelo por el arte le había parecido algo frío, impersonal y sin sentido. Pero la muerte de Annuska había cambiado esa opinión, como había cambiado todo lo demás.

Tras el entierro, la vida en el castillo se había vuelto triste. Janos estaba inconsolable y la tristeza se había convertido en una depresión, un letargo que nada era capaz de curar. Laszlo estaba desesperado mientras las semanas y los meses se convertían en años. Hasta que, poco a poco, su abuelo había vuelto a ser el mismo de siempre. La razón de esa recuperación había sido algo totalmente inesperado, un montón de cartas entre Annuska y Janos le habían recordado su pasión por el arte.

Tímidamente, sin atreverse a esperar demasiado, Laszlo había animado a su abuelo a revivir su antigua afición. Para su sorpresa, Janos empezó a animarse y entonces, de repente, decidió catalogar su colección de arte. Para ello, se habían puesto en contacto con la casa de subastas de Seymour en Londres y su propietario, Edmund Seymour, había sido invitado a visitar el castillo.

Laszlo hizo una mueca. La felicidad de su abuelo era

lo más importante, pero ¿cómo iba a soportar a un extraño en su casa?

La voz de Jakob interrumpió sus pensamientos.

—Sé que no te gusta tener gente en la casa —el abogado se aclaró la garganta—. Lo que quiero decir es...

Laszlo lo interrumpió con sequedad:

—Hay más de treinta habitaciones en el castillo. Creo que podré soportar a un invitado, ¿no te parece?

Seymour podría quedarse durante un año si eso hacía feliz a su abuelo. ¿Qué importaban unas semanas? Desde la muerte de Annuska, el tiempo había dejado de tener importancia. Nada importaba salvo curar a Janos de su tristeza.

—Me las arreglaré —insistió, malhumorado.

—Sí, claro, claro —el abogado se aclaró la garganta—. Puede que incluso lo disfrutes. De hecho, Janos me decía ayer que su visita podría ser una buena excusa para invitar a los vecinos a cenar o tomar una copa. Los Szecsenyi son encantadores y tienen una hija de tu edad.

A la luz de la mañana, la habitación le parecía gris y fría como una tumba. Laszlo apretó el teléfono intentando calmarse.

—Lo pensaré —dijo por fin. Intentaba parecer agradable, pero había una nota acerada en su voz—. Claro que nuestro invitado podría preferir los cuadros a la gente.

Él sabía lo que quería su abuelo y por qué había hecho que Jakob lo sugiriese. El anhelo secreto de Janos era ver a su único nieto casado, compartiendo su vida con una mujer. Y era lógico. Al fin y al cabo, él había sido increíblemente feliz durante sus cuarenta años de matrimonio.

Laszlo apretó los puños. Si pudiese hacerlo, si pudiese casarse con una mujer dulce y guapa como Agnes Szecsenyi, eso valdría más que cincuenta colecciones de arte.

Pero eso no iba a pasar porque guardaba un secreto. Y por muchas citas que su abuelo preparase, de ellas no iba a salir ninguna esposa.

–Has leído mis notas, ¿verdad, Prue? Pero tienes tendencia a pasar por encima...

Apartando un mechón de pelo rubio de sus ojos grises, Prudence Elliot tomó aire mientras contaba lentamente hasta diez. Su avión había aterrizado en Hungría una hora antes, pero aquella era la tercera vez que su tío Edmund llamaba para ver lo que estaba haciendo. En otras palabras, estaba vigilándola.

–No quiero ser pesado –siguió él–, pero es que... bueno, me gustaría estar ahí contigo. ¿Lo entiendes?

La voz de su tío interrumpió sus pensamientos y la ansiedad fue inmediatamente reemplazada por un sentimiento de culpabilidad. Pues claro que lo entendía. Edmund había levantado la casa de subastas que llevaba su nombre y aquel día hubiera sido uno de los más importantes de su carrera, el pináculo de su vida profesional. Catalogar la legendaria colección del recluso multimillonario húngaro Janos Almasy de Zsadany era un sueño para cualquier aficionado al arte.

Un poco asustada, Prudence recordó la emoción del rostro de Edmund cuando fue invitado a visitar el castillo Zsadany.

–Janos Almasy de Zsadany es un Medici moderno, Prue –le había dicho–. Por supuesto, nadie sabe el contenido exacto de la colección, pero haciendo una evaluación conservadora yo diría que vale más de mil millones de dólares.

Debería ser Edmund, con sus treinta años de experiencia, quien estuviera sentado en la elegante limusina y no ella, que temía no estar a la altura. Pero Edmund estaba en Inglaterra, confinado en la cama, recuperándose de un ataque de asma.

Miró los oscuros campos por la ventanilla mordiéndose los labios. Ella no quería ir a Hungría, pero no había tenido alternativa. Edmund debía mucho dinero y el negocio estaba en peligro. El dinero del inventario podría equilibrar los números, pero el abogado de la familia Zsadany había insistido en que el trabajo debía empezar inmediatamente. De modo que, a regañadientes, había aceptado ir a Hungría.

Oyó a Edmund suspirar al otro lado de la línea.

–Lo siento, Prue. No deberías tener que soportar mis charlas cuando te estás portando tan bien.

De inmediato, se sintió avergonzada. Edmund era como un padre para ella. Se lo había dado todo: un hogar, una familia, seguridad e incluso un puesto de trabajo. No iba a defraudarlo cuando más la necesitaba.

Tomando aire, intentó infundir confianza en su voz:

–No te preocupes, Edmund. Si necesito algo o tengo alguna duda, te llamaré. Pero todo va a ir bien, te lo prometo.

Después de cortar la comunicación se echó hacia atrás en el asiento y cerró los ojos, pero el coche empezó a aminorar la marcha y cuando los abrió de nuevo dos grandes portalones de hierro se abrían para dejar paso a la limusina. Un minuto después, estaba frente a un enorme castillo de piedra gris que parecía sacado de un cuento.

El ama de llaves la acompañó a un agradable saloncito, suavemente iluminado por una colección de lámparas y las llamas de una chimenea encendida. Estaba a punto de sentarse en un viejo sofá *Knole* cuando se fijó en el cuadro.

Su corazón empezó a latir como loco. Dio un paso adelante y alargó una mano temblorosa para tocar el marco mientras miraba alrededor. Se sentía mareada, como si hubiera despertado de un sueño. Había dos Picassos, del período rosa, un exuberante Kandinsky, un retrato de Rembrandt que hubiese hecho entrar a Edmund en éxtasis y un par de exquisitos aguafuertes de Lucian Freud.

Seguía impresionada cuando oyó una voz burlona tras ella:

–Por favor, acérquese más. Me temo que nosotros no les hacemos ningún caso a esos pobres cuadros.

Prudence se puso colorada. Que alguien la pillase cotilleando era horrible, pero, cuando ese alguien era su anfitrión y uno de los hombres más ricos de Europa, resultaba mortificante.

–Lo siento –empezó a disculparse mientras se daba la vuelta–. ¿Qué debe pensar...?

El resto de la frase murió en su garganta. Porque no era Janos Almasy de Zsadany quien estaba frente a ella, sino Laszlo Cziffra.

Laszlo Cziffra. Una vez su nombre había tenido un sabor ardiente en su boca, pero en ese momento era amargo. Sintió que se le encogía el corazón mientras la habitación parecía dar vueltas. No podía ser Laszlo, no podía ser. Pero lo era.

Con sus altos pómulos, el brillante pelo negro y los ardientes ojos de color ámbar, era casi el mismo chico del que se había enamorado siete años antes; su hermoso chico gitano. Solo que ya no era suyo ni era un chico. Era innegablemente un hombre; alto, de anchos hombros, intensamente varonil, y con una madurez que no había tenido siete años antes.

Prudence sintió un escalofrío.

Eran sus ojos lo que más había cambiado. Una vez, al verla, habían brillado con centelleante pasión, pero en aquel momento eran tan fríos y apagados como la ceniza.

No podía respirar y se llevó una mano involuntariamente a la garganta. Laszlo había sido su primer amor, su primer amante. Había sido como la luz del sol y la tormenta. Nunca había deseado nada ni a nadie como a él. Y Laszlo se había fijado en ella. La había elegido a ella con una determinación que la dejó exultante, feliz. Se había sentido inmortal. Su amor era una verdad inmutable tan permanente como la salida y la puesta del sol.

O eso había creído siete años antes.

Pero estaba equivocada. Su pasión por ella había abrasado como carbones encendidos y después se había apagado como una supernova.

Prudence tragó saliva. Fue lo más terrible que le había pasado nunca. Después de una felicidad tan grande, creyendo en su amor, esa frialdad había sido como la muerte. Y, de repente, como un fantasma de un paraíso perdido, allí estaba, desafiando a la lógica y la razón.

No podía ser real. Y, si era real, ¿qué hacía allí? No tenía sentido. Lo miró, buscando alguna respuesta. Le dio un vuelco el estómago al recordar la última vez que lo vio... siendo empujado al interior de un coche de policía, con rostro sombrío y desafiante.

No podía entender qué hacía Laszlo en un sitio como aquel. Y, sin embargo, allí estaba, como si fuera el dueño del castillo.

En su fuero interno siempre se había imaginado que habría vuelto al mal camino. Verlo en aquella habitación, a un metro de ella, era más de lo que podía soportar. Intentaba buscar una explicación y no la encontraba.

–¿Qué... qué haces aquí? –consiguió decir, su voz sonó quebrada y frágil como la de un alma enfrentándose al purgatorio.

Laszlo miró a Prudence con expresión fría y seria, aunque por dentro se sentía como si hubiera caído desde una gran altura. Intentaba encontrar alguna explicación, cada una más desesperada que la anterior. Y durante todo el tiempo, como en una película muda, recordaba su breve e infortunada historia de amor.

Pero le fallaban las palabras porque había borrado toda traza de ella tan completamente que tenerla delante lo mareaba.

—Yo podría hacerte la misma pregunta —consiguió decir.

Y entonces, sorprendido, recordó que esa misma mañana había conjurado su recuerdo. Temblando, sintió que el vello de la nuca se le erizaba al recordar el grito del búho. ¿De alguna forma él mismo la había conjurado?

No, por supuesto que no. Estaba claro que ella no había ido a buscarlo, porque su sorpresa era evidente. Entonces, ¿qué estaba haciendo allí?

La miró, esperando una respuesta.

Prudence se sentía mareada. Debía de estar en una realidad paralela, porque no encontraba otra explicación. ¿Por qué si no estaría Laszlo Cziffra en un aislado castillo de Hungría? A menos que... se le heló la sangre en las venas. ¿Era posible que trabajase para el señor De Zsadany?

Se sintió enferma al recordar su indiferencia cuando le dijo que se marchaba, que todo había terminado. Pero eso había sido siete años atrás. Después de tanto tiempo, deberían poder tratarse con cierta urbanidad al menos. Sin embargo, él la miraba con frío desdén.

—No lo entiendo... —había perdido el color de la cara mientras atravesaba la alfombra persa—. ¿Qué haces aquí? Tú no puedes estar aquí.

Laszlo se sentía como si el suelo se abriera bajo sus pies, como un barco sacudido por la tormenta, pero no tenía intención de revelarle cuánto lo afectaba su presencia.

Respirando profundamente, intentó calmarse.

–Pero aquí estoy –anunció–. ¿Por qué tiemblas, *pireni*?

Prudence intentó ignorar lo guapo que estaba y su aterradora proximidad, pero ese apelativo cariñoso parecía echar raíces dentro de su corazón.

Se miraron el uno al otro en silencio, como habían hecho cientos, miles de veces.

La voz masculina los sobresaltó a los dos.

–Ah, aquí están. Siento llegar tarde, el tráfico era espantoso –un hombre grueso de mediana edad, pelo rubio y expresión acongojada entró en la habitación y le ofreció su mano–. Siento mucho no haber podido ir al aeropuerto, señorita Elliot. Pero ha recibido mi mensaje, ¿verdad?

Incapaz de articular palabra, ella asintió con la cabeza. Había sentido un momentáneo alivio ante la llegada del extraño, pero el alivio era prematuro porque sus palabras dejaban claro que la presencia de Laszlo solo era una sorpresa para ella.

–Veo que ya se conocen –empezó a decir el hombre, después de aclararse la garganta–. Soy Jakob Frankel y trabajo para el bufete que representa los intereses del señor De Zsadany. Permítame decirle en nombre de la familia lo agradecidos que estamos por venir a última hora.

Laszlo tenía que hacer un esfuerzo para contenerse mientras intentaba entender lo que estaba pasando. Jakob le había dicho que Edmund Seymour estaba enfermo y que otra persona de la casa de subastas iría al castillo.

No le había dado importancia porque un desconocido no era diferente de otro desconocido, pero de repente las palabras de Jakob adquirirían un nuevo significado: la persona que había reemplazado a Seymour era Prudence Elliot. Y eso significaba que tendrían que vivir bajo el mismo techo durante al menos unas semanas.

–Encantada –dijo ella con voz ronca.

–Todos le estamos muy agradecidos.

Prudence abrió la boca para decir algo, pero Laszlo la interrumpió:

–La señorita Elliot podría comprarse su propio castillo con el dinero que vamos a pagarle. No creo que, además, necesite gratitud por nuestra parte.

Encogiéndose por el tono hostil, Prudence sintió más que ver la oscura mirada de Laszlo clavada en ella. Seguía sin entender qué hacía allí, pero debía de ser alguien importante porque el abogado se dirigía a él con deferencia. Pensar eso la angustió, y, de repente, estaba al borde de las lágrimas.

Aquello no podía estar pasando. Laszlo la miraba con ojos fríos, desdeñosos y, sin embargo, aún podía hacerla sentir lo que había sentido siete años antes. Prudence apretó los dientes. Al menos ella había luchado por esa relación. Él, por otro lado, estaba demasiado ocupado haciendo lo que hubiera hecho para que lo detuviesen.

No era nada para él. En sus propias palabras, iba a recibir una remuneración económica por catalogar la colección de arte del castillo y nada más. Era su trabajo. Daba igual que una vez su amor no hubiera sido suficiente para él.

Levantando la barbilla, se volvió hacia el abogado.

–Es usted muy amable, señor Frankel. Gracias por permitirme venir en lugar de mi tío. Esta es una maravillosa oportunidad para mí y espero estar a la altura de las expectativas.

–Yo no me preocuparía por eso –murmuró Laszlo–. No tenemos grandes expectativas.

Hubo otro largo silencio, cargado de tensión, y luego Frankel se rio nerviosamente.

–Lo que el señor Cziffra intenta decir...

–Es que la señorita Elliot y yo podemos seguir solos a partir de este momento –lo interrumpió Laszlo.

El abogado lo miró, dubitativo.

–¿Sí?

–Creo que puedo hacerlo –la voz de Laszlo era tan fría como el Ártico y Prudence tembló mientras Frankel asentía.

–Por supuesto –se apresuró a decir, volviéndose hacia ella.

–La dejo en buenas manos, señorita Elliot. Aparte del señor De Zsadany, nadie sabe más sobre la colección que su nieto.

La sorpresa fue como una descarga eléctrica. La habitación daba vueltas. ¡Laszlo era el nieto de Janos! Pero ¿cómo podía ser? Janos Almasy de Zsadany era multimillonario. Laszlo era un gitano, un hombre errante que vivía en una caravana. ¿Cómo podían estar emparentados?

Preguntándose si había malinterpretado a Frankel se volvió hacia Laszlo, esperando, rezando para que siguiera mirándola con la misma expresión fría y desinteresada. Pero lo que vio, en cambio, fue una mirada de desprecio.

De modo que Frankel estaba diciendo la verdad. Pero el abogado no parecía darse cuenta de la angustia que había provocado con esa simple afirmación.

–Bueno, en ese caso me marcho. Buenas noches, señorita Elliot. No hace falta que me acompañe, señor Cziffra.

–Gracias, Jakob –Laszlo no dejaba de mirar a Prudence con frialdad–. Y no te preocupes, yo cuidaré de ella. Prometo prestarle toda mi atención.

Las luces de las lámparas parecían reflectores, y aunque la habitación estaba caldeada, Prudence empezó a temblar. Vio a Frankel salir de la habitación con una sensación de miedo. Quería correr tras él y suplicarle que se quedase, pero sus pies parecían estar clavados al suelo. Miró los cuadros que unos minutos antes le habían proporcionado un inocente placer y que en ese momento parecían crueles testigos, riéndose de su estupidez.

La sorpresa y la angustia empezaban a dejar paso a la irritación. Muy bien, era incómodo y estresante para los dos tener que estar juntos, pero ella tenía más razones que Laszlo para estar disgustada. Y se merecía respuestas. De hecho, ¿cómo podía permanecer en silencio, sin darle una explicación?

No había cambiado en absoluto. Seguía siendo tan distante como siempre. Como si fuera un testigo más que un protagonista de lo que estaba ocurriendo.

—Fingir que no estoy aquí no va a servir de nada —dijo entonces, intentando calmarse—. Tenemos que aclarar esta situación.

—¿Aclararlo? —repitió él, con una risa amarga. No había nada que aclarar salvo por qué puerta iba a echarla—. Así que tú has venido a reemplazar a Seymour —dijo después, con frialdad.

Prudence se aclaró la garganta.

—Y tú eres el nieto del señor De Zsadany.

Se quedó callada esperando una respuesta, pero Laszlo se limitó a asentir con la cabeza. ¿Nada más? ¿Ninguna explicación?

Como si le hubiera leído el pensamiento, Laszlo exhaló un suspiro.

—Mi madre era Zsofia Almasy de Zsadany, la única hija de Janos.

Era como escuchar hablar a una estatua de mármol y su tono helado le encogió el corazón.

—Conoció a mi padre, Istvan, cuando tenía dieciséis años. Él tenía diecisiete y era un Kalderash Roma. Las dos familias se oponían a la relación, pero ellos se querían tanto que nada pudo separarlos. Se casaron y yo nací nueve meses más tarde.

Prudence lo miraba sin entender. ¿Y qué hacía entonces viviendo en una caravana en Inglaterra? ¿Se había rebelado contra su familia o ellos lo habían echado de casa? Era tan triste descubrir que hasta las pocas cosas que había compartido con ella eran mentiras o medias verdades...

−¿Por qué estabas allí? En Inglaterra, quiero decir.

Él frunció el ceño.

−Tras la muerte de mis padres pasaba tiempo con ambas familias. Mi abuelo quería que estudiase, que tuviera una educación, así que me quedé en Hungría y durante las vacaciones visitaba a la familia de mi padre, donde estuvieran viviendo en ese momento. Quería ser leal a los dos, a mi padre y a mi madre.

Prudence hizo un esfuerzo para sostener la mirada.

−Pero ¿por qué no me lo contaste? ¿No pensaste que sería mejor, por no decir más justo, compartir la verdad conmigo? −le preguntó ella, furiosa−. Ya sabes, que tu abuelo era uno de los hombres más ricos de Europa, por ejemplo. Y que vivías en un castillo, rodeado de obras de arte de incalculable valor.

Laszlo apartó la mirada y se encogió de hombros, dejando a Prudence temblando de rabia. ¿Cómo se atrevía a encogerse de hombros? Como si no importase que le hubiera mentido, como si ella no importase nada.

−¿De qué habría servido? ¿De todas las cosas que no sabes sobre mí solo te preocupa el dinero de mi abuelo?

Ella dejó escapar un gemido.

−¿Cómo puedes decir eso? −dio un paso hacia él, temblando de rabia−. ¿Cómo puedes sugerir...? No te atrevas a retorcer mis palabras, Laszlo. Me mentiste.

Tuvo que apretar los puños para no dejarse amilanar por el brillo de hostilidad de sus ojos.

–No te mentí. Soy medio gitano y vivía en una caravana.

Prudence tomó aire, pero el aliento le quemaba la garganta. No había sido ella quien mintió sobre su identidad. ¿Le había contado Laszlo la verdad sobre algo?

–Ah, bueno, entonces no pasa nada –replicó, sarcástica–. Tal vez fue tu otra mitad, la que vivía en el castillo. Tal vez él fue quien me mintió.

Laszlo la miró a los ojos.

–Creíste lo que quisiste creer.

Prudence sacudió la cabeza, incrédula.

–Creí lo que tú me hiciste creer –respondió, furiosa–. Hay una gran diferencia.

–No entiendes lo que digo. Da igual lo que alguien crea si no tiene fe –dijo Laszlo con la voz quebrada, cargada de amargura–. Sin eso, solo son palabras.

Prudence contuvo el aliento.

–Tus palabras, las mentiras que me contaste –empezó a decir, con el corazón acelerado–. No intentes convertir esto en un debate filosófico, Laszlo. Estoy desolada porque mentiste y me robaste las decisiones.

–Entonces, ahora estamos en paz –replicó él con frialdad.

Capítulo 2

PRUDENCE lo miró, perpleja. ¿En paz?

—¿Qué significa eso? —le espetó.

En lugar de responder, Laszlo emitió un bufido de impaciencia y Prudence tuvo que hacer un esfuerzo para no agarrar una lámpara y tirársela a la cabeza.

Pero, por supuesto, no necesitaba que respondiera. Ella sabía de qué estaba hablando.

—Si estás hablando de que yo rompí la relación, no estamos en paz. Ni siquiera un poco.

Alejarse de Laszlo y de sus sueños románticos había sido terrible, lo más difícil que había hecho en toda su vida, y para ello tuvo que hacer uso de toda su fuerza de voluntad. Pero, si hubiera querido, él habría podido evitarlo. Le había dado muchas oportunidades para cambiar, pero Laszlo apenas se inmutó cuando le dijo que lo dejaba. La había dejado ir sin protestar siquiera.

Sintiendo una repentina y sofocante tristeza, recordó lo frío y distante que había sido.

Claro que era lógico que hubiera sido tan enigmático, que la metiese en su caravana y le diera largas cuando le decía que quería conocer a su familia. Entonces estaba locamente enamorada, demasiado emocionada por el placer que le proporcionaban sus caricias como para preguntarse por qué. Además, al principio se sentía halagada porque, ingenuamente, creía que Laszlo la quería para él solo. Le había robado el corazón y la virginidad en rápida sucesión, pero todo era una mentira.

Pero ¿por qué le importaba esa mentira? Después de todo, no podía cambiar el pasado. O que Laszlo no la hubiera amado lo suficiente como para luchar por ella. Aquella discusión era un callejón sin salida. No tenía sentido hablar de su relación cuando habían pasado siete años. Además, tenía una nueva vida. Tal vez no la vida que había soñado, pero sí una vida interesante, y no iba a dejar que Laszlo la destruyese.

Se le aceleró el pulso cuando miró la puerta, deseando volver atrás en el tiempo al momento que entró en aquel saloncito. Pero entonces recordó que no podría marcharse aunque quisiera. Edmund necesitaba urgentemente aquel contrato, por eso había ido a Hungría. Tenía que concentrarse en eso y no en examinar un pasado romántico que no había llegado a ningún sitio.

Intentó calmarse tomando aliento. Inventariar la colección era más importante que sus sentimientos. Aunque ya no sentía nada por Laszlo, claro, y no iba a dejar que eso influyese en un trabajo que era como ningún otro. Su relación era historia y, aunque ella hubiese elegido no volver a verlo en toda su vida y menos trabajar con él, no había razón para no tratarlo como trataría a cualquier otro cliente.

Intentando contener el deseo de salir corriendo, levantó la barbilla para sostenerle la mirada. Se mostraría calmada y eficiente, como la profesional que era.

—Esto no nos lleva a ningún sitio —dijo con firmeza—. Tu abuelo me ha contratado para hacer un trabajo y eso es lo que voy a hacer.

¿Janos conocería su relación?, se preguntó entonces. Eso podría ser muy incómodo. Pero no, seguramente no sabría nada. Además, probablemente Laszlo habría tenido docenas de novias desde entonces.

Sintió que le ardía la cara y decidió no pensar en ello.

—Sé que él quiere empezar con el inventario lo antes

posible. ¿Por qué no dejamos a un lado nuestras diferencias y nos concentramos en eso? ¿Podemos firmar una tregua? –le preguntó, intentando esbozar una sonrisa.

Laszlo la miró especulativamente. Por su tono conciliador y por la tensión que había en sus hombros era evidente que el trabajo le interesaba. Miró sin querer el pulso que latía en la base de su garganta. Para alguien que no la conociese sería la perfecta rosa inglesa, pálida y tímida. Pero él conocía bien a la mujer que había bajo ese exterior sereno y elegante, la que lo había amado con desatada pasión. Saber que solo él conocía esa otra parte oculta de Prudence lo había excitado como nada. Y, tragando saliva, se dio cuenta de que seguía siendo así.

–Ya que insistes tan amablemente...

Ella lo miró, recelosa. No había esperado que aceptase sin discutir. Claro que Laszlo nunca hacía lo que ella esperaba.

–Gracias. Debo decir que me sorprende un poco...

–Sé cuánto les gustan las sorpresas a las mujeres –la interrumpió él.

Prudence respiró hondo. Tal vez aquello podría salir bien. Solo tenía que concentrarse en pensar que Laszlo no era más que un cliente.

Pero cuando levantó la mirada experimentó una oleada de calor por la espina dorsal. Casi podía tocar su deseo... sentirlo envolviéndola como una oscura capa de terciopelo.

Rápidamente, antes de que el brillo de sus ojos pudiese ablandarla o trastornarla aún más, apartó la mirada. Estaba allí para hacer un trabajo y daba igual que una vez Laszlo y ella hubiesen compartido una pasión tan pagana y ardiente que el mundo exterior había dejado de existir. En aquel momento, la suya era solo una relación profesional.

–Y yo sé que los hombres odian los retrasos –hizo

una pausa para aclararse la garganta–. Así que sugiero que hablemos de cómo vamos a hacer el trabajo.

Laszlo seguía mirándola en silencio, notando el rubor de sus mejillas y cómo la blusa gris se ajustaba a la curva de sus pechos. Estaba tan cerca que podría tocarla y, respirando su familiar aroma a jazmín, se encontró casi paralizado de deseo.

La había odiado durante tanto tiempo que no se imaginó que pudiera seguir deseándola.

Pero, aparentemente, así era.

Se sentía desconcertado. La deseaba, pero también quería castigarla. Y, sin embargo, no podía dejar de admirarla. Después de todo, ¿cuántas mujeres, particularmente una tan tímida y poco sofisticada como ella, sabrían mantener el tipo en aquella situación? Claro que Prudence ocultaba una personalidad de hierro bajo ese aspecto angelical. Apretó los dientes cuando sus ojos grises se clavaron en su cara. Pero no era el momento de pensar en sus cualidades. Sería mejor concentrarse en sus defectos.

–Dímelo tú. Hablar siempre fue lo tuyo, ¿no? Para mí, los actos hablan mejor que las palabras.

Prudence sintió que le ardía la cara. No necesitaba ningún recordatorio de lo elocuente de sus actos, particularmente en ese momento, cuando tenía que ordenar sus pensamientos. Pero la sonrisa de Laszlo era como un haz de luz abriéndose paso entre las nubes. Quería seguirlo... ponerse en su camino.

«Concéntrate», se dijo a sí misma con firmeza.

–Como he dicho antes, sé que tu abuelo está deseando que empecemos con el inventario y creo que deberíamos hacerlo cuanto antes.

Laszlo dio un paso hacia ella y Prudence tuvo que hacer un esfuerzo para no amilanarse.

–Tú eres la experta.

Su voz era una cautivadora mezcla de delicadeza y

seducción y, durante un breve momento, se permitió recordar el roce de sus dedos viajando por su piel con el virtuosismo de un concertista de piano.

No podía seguir encontrándolo atractivo. Debería tener más sentido común, pero ¿qué tenía que ver el sentido común con el deseo? Ninguna mujer podría estar al lado de Laszlo Cziffra y no sentir nada.

En alguna parte del castillo sonó un portazo y Prudence levantó la mirada, sorprendida. Estaban a unos centímetros del uno del otro, tan cerca que podía notar el calor de su piel. Su corazón latía como si hubiera corrido una maratón y temblaba de forma incontrolable. Olía a heno recién trillado, a tierra mojada por la lluvia, y cada célula de su cuerpo reaccionaba ante su proximidad.

–Los castillos eran construidos para evitar las flechas y las balas de cañón, no las corrientes de aire –bromeó Laszlo.

Aún horrorizada porque su cuerpo no parecía tener ninguna lealtad a su corazón, Prudence apartó la mirada, esperando que él no se hubiera dado cuenta... o, peor aún, que no hubiera interpretado correctamente su reacción.

–En fin, ¿qué estábamos diciendo? Ah, sí, el inventario. Tres semanas es el tiempo estimado para inventariar una colección de estas dimensiones después de un informe preliminar. Y no te preocupes, si tengo alguna duda hablaré con el señor Seymour. De hecho, estaré en contacto con él todo el tiempo –Prudence intentó sonreír–. Es mejor contar con otro punto de vista.

Prudence notó que Laszlo estaba muy serio, con los labios apretados. Pero le daba igual. Estaba allí para trabajar y el estado de ánimo de Laszlo no era asunto suyo.

–En fin, estaré encantada de discutir cualquier problema con el señor De Zsadany.

Sus ojos se encontraron y, a pesar de sí misma, sintió otra punzada de aprensión.

–Evidentemente –asintió él con frialdad–. Sé cuánto te gusta solucionar los problemas.

Era una pulla deliberada. Estaba personalizando un comentario profesional, volviendo al pasado. Su pasado. De repente, se enfureció. ¿No habían acordado firmar una tregua? Aquella situación iba a ser suficientemente difícil sin que él la empeorase con comentarios de doble sentido.

Estaba tan nerviosa que tardó unos segundos en entender lo difícil que iba a ser la situación. Porque no solo tendría que trabajar con Laszlo, sino que vivirían bajo el mismo techo, teniendo que fingir que no entendía sus insinuaciones. Debía dejar claro que no iba a tolerar que la tratase de ese modo.

–Claro que me gusta solucionar los problemas –replicó, devolviéndole una mirada helada–. Y creo que la comunicación es la clave para que una relación funcione.

Había querido parecer segura de sí misma sin ser beligerante, pero en cuanto pronunció la frase supo que se había equivocado. Porque los ojos de Laszlo se clavaron en ella como un misil en su objetivo.

Prudence dio un paso atrás.

–No me refería a nosotros...

–No te molestes. Ya sé cuál es tu opinión sobre las relaciones. Lo dejaste bien claro cuando me abandonaste... Prudence –pronunció su nombre como si fuera un veneno que había tragado de forma inadvertida–. De hecho... –hizo una pausa, frunciendo los labios en un gesto de desdén– dejaste bien claro que era patético por creer que nuestra relación podría funcionar dado el rango y la profundidad de mis defectos.

–No, eso no es verdad... –Prudence temblaba, sorprendida y asustada por su tono venenoso.

Pero se quedó sin voz cuando dio un paso hacia ella con gesto encolerizado.

—¿Cómo que no? —exclamó Laszlo, con el rostro tenso de emoción—. Pero te equivocabas. No eran mis defectos, sino los tuyos. Eras demasiado débil y mojigata...

—No era ninguna de esas cosas —la injusticia de esas palabras la enfureció—. Es que no quería seguir fingiendo.

—¿Fingir qué, que me querías?

—Qué teníamos algo en común —respondió Prudence por fin.

Él sacudió la cabeza.

—Como la lealtad, por ejemplo. Y tal vez tengas razón. Desde luego, pensamos de manera muy diferente sobre ese asunto.

—No tienes que decirme cuáles eran las diferencias entre nosotros —replicó ella, dolida—. Las conozco todas. Son la razón por la que nuestra relación no llegó a ningún sitio, por la que nunca hubiera funcionado.

—Nuestra relación no fracasó porque fuésemos diferentes, sino porque a ti te importaban más esas diferencias que yo —dijo Laszlo—. Dime, *pireni*, ¿qué piensas ahora de mi capacidad de comunicación? ¿Estoy siendo claro? —añadió, volviéndose hacia la chimenea.

Prudence se quedó inmóvil, mirando su espalda, con la furia reemplazando a cualquier otro sentimiento. De repente, cruzó la habitación y tiró de su brazo para obligarlo a mirarla.

—Eso no es verdad. Me importabas... —empezó a decir, airada—. No te atrevas a decirme lo que yo sentía. Las diferencias entre nosotros sí, importaban y, aunque te parezca una locura, intenté decirte la verdad. Pero ¿qué sabes tú de eso? La verdad es como un idioma extraño para ti.

Vio que sus ojos se oscurecían de rabia, las pupilas parecieron perderse en los iris dorados.

—¿La verdad? Me dejaste porque pensabas que no era suficiente para ti. Esa es la verdad, pero eres demasiado cobarde como para admitirlo.

Prudence sacudió la cabeza, demasiado furiosa para responder, hasta que por fin encontró la voz.

—¿Cómo te atreves a hablar de la verdad cuando estamos aquí, en este castillo? Tu castillo. Un castillo cuya existencia yo ignoraba hasta hoy mismo. Y que quisiera hablar de las goteras de la caravana o de que no tuviéramos dinero era lógico, Laszlo. Pero no por eso pensaba que no eras suficiente para mí.

—Nada de eso debería haberte importado. A mí no me importaba.

—Pero a mí sí y no puedes castigarme por ello. O porque me preocupase que pensáramos de forma tan diferente. No nos poníamos de acuerdo sobre nada y eso iba a ser un problema tarde o temprano, pero tú no querías admitirlo. Así que no fui yo la cobarde, sino tú.

Se apartó cuando Laszlo dio un paso hacia ella.

—Yo no soy el cobarde, Prudence —su tono aparentemente calmado no encajaba con el brillo amenazador de sus ojos.

Perdió el valor de repente y se sintió derrotada. No quería seguir hablando. ¿Para qué? A juzgar por los últimos veinte minutos, hablar del pasado solo empeoraba la situación.

—Esto no va a ningún sitio. Sé que estás furioso y yo también lo estoy. ¿No podemos dejar atrás el pasado? Al menos, hasta que haya terminado de hacer mi trabajo.

Laszlo la miró con los ojos llenos de furia.

—¿Tu trabajo? ¿Tú sabes lo que esa colección significa para mi abuelo o por qué ha decidido catalogarla? ¿Después de lo que pasó entre nosotros de verdad crees que puedo confiar en ti?

Prudence se asustó. ¿Qué intentaba decir?

—Pero no puedes... haré un buen trabajo, te doy mi palabra.

Laszlo hizo una mueca, cómo si hubiera arrancado una tirita de una herida abierta.

–¿Tu palabra? –repitió, inclinando a un lado la cabeza–. Tu palabra.

El desprecio de su tono fue como un golpe seco.

–Solo quería decir...

–Da igual lo que quieras decir. Los dos sabemos que tu palabra no vale nada.

–¿De qué estás hablando?

Apretando los puños, Laszlo sacudió la cabeza. Sentía vértigo y los recuerdos del pasado caían sobre él como escombros después de una explosión. ¿Qué clase de mujer era Prudence? Sabía que era mojigata y débil, pero negarse a reconocer lo que había hecho...

–Te hice un regalo, el regalo más importante que un hombre puede hacerle a una mujer. Te hice mi esposa y tú me lo tiraste a la cara.

Prudence lo miraba, atónita. Abrió la boca para negarlo, pero las palabras se le atragantaron. ¿Su esposa? Él no podía creer que habían estado casados. Eso era ridículo, una locura.

Recordó entonces el día que la había llevado con los ojos vendados a la caravana de su tío abuelo. Prudence sintió un escalofrío al recordarlo porque ese día estaba más guapo que nunca y tan serio que había sentido ganas de llorar. Se habían jurado amor eterno el uno al otro, su tío abuelo había dicho unas palabras en romaní y luego habían comido pan y sal.

Como si saliera de un sueño, lo miró sin decir una palabra. No había sido un matrimonio real. No había sido más real que su amor por ella y Laszlo estaba destruyendo esa fantasía, tomando ese recuerdo de algo precioso, inocente y espontáneo y convirtiéndolo en un arma para hacerle daño.

Se le nubló la visión y, de repente, se sintió mareada, como si estuviera al borde de un precipicio.

—Eres despreciable. ¿Por qué haces esto? ¿Por qué intentas ensuciar ese día?

—¿Ensuciarlo? —el rostro de Laszlo se retorció en un gesto de amargura—. Fuiste tú quien lo hizo rompiendo nuestro matrimonio.

—No estábamos casados. El matrimonio es algo más que unas palabras y unos besos. Esta es otra de tus mentiras.

—No, esta es la prueba de lo poco que me entendías. Para ti, ser gitano era solo un estilo de vida que había elegido por capricho. Te gustaba porque era diferente, curioso, pero no esperabas ni querías que siguiera siendo así. Pensabas que me desharía de él, como si fuera un disfraz, y me volvería normal durante el resto de nuestra vida —sus ojos se endurecieron—. Fue entonces cuando empezaste a quejarte de la caravana, de que viajásemos tanto, pero eso es lo que hacemos, es lo que yo hago.

—Salvo que ahora vives en un castillo —le recordó ella.

—Eso no tiene nada que ver, *pireni*. Da igual dónde viviera entonces o dónde viva ahora. Seguimos casados. Sigo siendo tu marido y tú eres mi mujer.

Prudence se vio sorprendida por su vehemencia y por el traidor calor que sintió en el corazón ante el tono posesivo de él.

—Lo que tuvo lugar en esa caravana no fue una boda de verdad. No hubo invitados, ni sacerdote, ni testigos. No intercambiamos anillos, ni siquiera firmamos un documento. No fue una boda de verdad y yo no soy tu mujer.

Laszlo tuvo que hacer un esfuerzo para permanecer calmado. Tenía demasiado orgullo como para dejarle ver lo que su negativa reabría una herida que nunca había curado del todo; una herida que lo llenó de tristeza y humillación.

–Créeme, *pireni*, yo desearía que no lo fueras... pero lo eres –dijo, con tono amargo–. En mi cultura, una boda es un asunto privado entre un hombre y una mujer. No registramos los matrimonios y la única autoridad que se necesita para reconocerlos es el consentimiento de la novia y el novio.

–No estamos casados –repitió ella, casi sin voz–. No ante los ojos de la ley.

–Según tus leyes no, pero según las mías estamos casados. Nunca hemos dejado de estarlo.

Prudence cerró los ojos, sintiendo un pánico inexplicable. Laszlo creía en lo que estaba diciendo. Mientras ella había visto la curiosa ceremonia como un ensayo de la boda estilo vintage que ella tenía planeada, el matrimonio había sido real para él. Y, en realidad, ¿qué importaba que no hubiese un documento oficial? Eso no significaba que las promesas fueran menos válidas.

Cuando levantó la mirada comprobó que Laszlo estaba tan furioso que tenía que hacer un esfuerzo para mantener el control.

–Laszlo, yo no sabía...

Su voz era apenas audible, pero él la interrumpió con unas palabras que le helaron la sangre en las venas.

–Esta conversación ha terminado. Siento mucho que hayas perdido el tiempo viniendo hasta aquí, pero ya no necesitamos tus servicios.

Prudence lo miró, desconcertada.

–No entiendo... ¿qué quieres decir?

–¿Qué quiero decir? –repitió Laszlo–. Quiero decir que estás despedida. Tu contrato ha terminado y esta reunión también. No quiero volver a verte nunca –se volvió hacia la chimenea–. Así que recoge tus maletas y vete de mi casa ahora mismo.

Capítulo 3

PRUDENCE sintió que el suelo se hundía bajo sus pies y tuvo que agarrarse al brazo de un sillón.

—No puedes hacer eso —empezó a decir—. No puedes despedirme.

—Claro que puedo.

La recorrió un escalofrío al ver que hablaba en serio.

—Pero es tan injusto... —su voz parecía hacer eco en la habitación.

—No me importa.

Prudence sabía que daría igual lo que dijera o hiciera. Había perdido el trabajo en el momento en que Laszlo entró en la habitación, pero no lo había sabido hasta ese instante.

El asombro y el miedo ahogaban sus objeciones, pero dentro de su cabeza había una cacofonía de protestas. No podía despedirla. ¿Qué le diría a Edmund? ¿Y qué pasaría con sus deudas con el banco y la compañía de seguros?

—No.

El monosílabo salió de sus labios como una flecha, pero Laszlo la miraba con serenidad. Despedirla parecía haber calmado su furia.

—¿No qué?

—No voy a irme. Puede que cometiese un error, pero todo eso ocurrió hace muchos años. No puedes despedirme por ello. Aparte de todo lo demás, no tiene nada que ver con mi capacidad para hacer el trabajo.

–Tiene todo que ver con tu capacidad para hacer el trabajo –replicó él–. Te falta convicción y lealtad y yo no contrato a nadie que no tenga esas cualidades.

Prudence contuvo el aliento, odiándolo más de lo que lo había odiado nunca.

–Cállate.

Era un hipócrita. ¿Cómo se atrevía a actuar como si pudiera darle clases de moral? Además de mentirle, había infringido la ley y fue detenido por la policía a saber por qué. Tal vez debería examinar sus propios defectos en lugar de criticar los suyos.

Abrió la boca para decírselo, pero volvió a cerrarla. Había tanta historia en aquella habitación... ¿Para qué añadir más?

–Deja de juzgarme. Tú no eres una víctima inocente, Laszlo. Me mentiste. Tal vez eso no te importe, pero a mí sí –Prudence hizo una pausa para tomar aliento–. Pero yo no lo utilizo contra ti. Nunca caería tan bajo.

Laszlo la miró en silencio durante largos segundos.

–¿De verdad deseas tanto ese trabajo? –se pasó una mano por el mentón, con sombra de barba incipiente–. ¿Tanto como para suplicar?

–Eres un monstruo –murmuró ella, sintiendo una oleada de náuseas.

Los ojos de Laszlo eran fríos, implacables.

–Es un desagravio. Despidiéndote estamos en paz, *pireni*. Y, créeme, esto no es nada comparado con lo que te mereces. Deberías irte de aquí mientras aún puedas hacerlo.

–¿Qué significa eso? ¿Me estás amenazando?

Laszlo la miró en silencio, sus ojos brillaban con burla.

–¿Amenazarte? No, claro que no, pero esta discusión ha terminado. Deberías aceptarlo y marcharte. Claro que eso no será un problema para ti. Después de todo, tienes mucha práctica.

–Te crees muy listo, ¿verdad? Pues vamos a dejar algo claro: esta discusión no ha terminado.

–Entonces será mejor que empieces a hablar. Aunque no sé de qué te va a servir.

Prudence lo miraba, desconcertada. ¿Cómo hacía eso? Un minuto antes estaba furioso, incandescente y, de repente, estaba dispuesto a darle una «audiencia». Era imposible entenderlo. Pero ¿no había sido siempre así? ¿Ella intentando entender su estado de ánimo, que cambiaba de un minuto a otro?

¿Y qué esperaba, que expusiera su caso como si él fuera un juez?

–Admito los errores de entonces, pero tú me estás castigando ahora. ¿Eso es razonable, es justo?

–¿Justo? ¡Justo! ¿Desde cuándo te importa a ti la justicia? Me dejaste porque no querías vivir en una vieja caravana –la interrumpió Laszlo. Él, por otro lado, se habría contentado con vivir bajo las estrellas si Prudence estuviese con él–. ¿Eso fue justo para mí?

Prudence dio un respingo, su tono amargo la dejó sin aliento. Era cierto, había dicho esas palabras, pero no lo decía de verdad y, pensara lo que pensara Laszlo, estaba tan locamente enamorada que habría vivido en la calle con él si se lo hubiera pedido.

Lo único que quería era que calmase sus miedos. Temía que hubiera perdido interés en ella o que hubiese encontrado a otra mujer, pero él se había negado a contestar. Parecía aburrido, como si fuese una niña molesta, de modo que había sido imposible decirle la verdad porque eso habría significado revelar la profundidad de su amor. Estaba demasiado disgustada y enfadada como para querer provocarlo y hacerle daño por no amarla, por eso empezó a criticar el estado de la caravana, sus continuas desapariciones...

Prudence sacudió la cabeza. Estaba sacando de contexto lo que había dicho y, sorpresa, sorpresa, ignorando el papel que él había jugado en toda esa historia.

Si Laszlo pensaba que estaban casados de verdad, ¿por qué no había intentado solucionar la situación? ¿Pensaba que las relaciones se mantenían solas?

Se le hizo un nudo en la garganta. Había acudido a él esperando promesas de amor, pero Laszlo no le había dado más opción que darse la vuelta. Había sido la decisión más difícil de su vida y cada vez que lo recordaba se le encogía el corazón de dolor.

—No estamos llegando a ningún sitio y no voy a seguir hablando del pasado —respiró, con el corazón acelerado—. Si querías hablar de nuestra relación, deberías haberlo hecho entonces, no ahora porque, francamente, ya es irrelevante.

Se agarró al brazo del sillón cuando Laszlo dio un paso hacia ella. De cerca, su belleza era radiante y penetrante como una llama. Sus ojos parecían más dorados, su piel más suave, los altos pómulos casi demasiado perfectos para ser reales.

—No estoy de acuerdo. Yo creo que sí es relevante dado que tú has traído el pasado de vuelta a mi vida.

—Eso no es verdad. Fuiste tú quien se puso en contacto con Seymour's —Prudence lo miró, indignada.

Si no había querido saber nada de ella, ¿por qué había elegido la casa de subastas de su tío? Claro que él no sabía que era el negocio de Edmund. Ni siquiera sabía el nombre de su tío.

—Sé que odias sentirte responsable de nada, pero esto lo has provocado tú.

—Y los dos sabemos que tú odias las discusiones —replicó él.

—No me gustaba la estúpida caravana, pero no te estaba criticando a ti o a tu preciosa Willerby Westmorland, es que yo soy así. No me gustan las cosas sucias, sino ordenadas y pulcras, por eso hago bien mi trabajo. Tal vez, si hubieras pensado un poco en lugar de reírte de mí...

—No me estaba riendo, *pireni*. Pero tienes razón, tal vez sí me centré solo en ese comentario.

Prudence lo miró, perpleja. ¿Era una disculpa?

—Pero no voy a cambiar de opinión —siguió Laszlo—. ¿Es que no lo entiendes?

—Sí, lo entiendo, pero como seguramente no eres tú quien debe tomar la decisión, eso no importa.

Laszlo frunció el ceño.

—¿Crees que hay alguien por encima de mí?

—Sí, tu abuelo. O eso espero.

Aunque no sabía si el señor De Zsadany tendría noticias sobre su relación. Todo era tan frustrante... ¿Por qué si Laszlo se creía casado con ella había mantenido su existencia en secreto?

—Seymour es el mejor en lo suyo. Encargarle el trabajo a otra casa de subastas solo demostraría que no estás preparado para supervisar el inventario —le espetó, con expresión desafiante—. Pero si ni siquiera te gusta el arte.

—Yo aprecio la belleza igual que cualquiera.

—¿Ah, sí? ¿Desde cuándo? La única vez que fuimos juntos a una galería de arte pasaste el rato en la cafetería.

Laszlo se encogió de hombros.

—Se me ocurren mejores cosas que hacer en una habitación oscura. Y tú, mejor que nadie, deberías saberlo. ¿O lo has olvidado? Tal vez debería refrescarte la memoria.

—Laszlo...

Prudence sintió un estremecimiento de deseo, pero hizo un esfuerzo para controlarse. No iba a dejar que se saliera con la suya.

—No necesito que me guste el arte —siguió él—. Solo quiero apoyar a mi abuelo y estar a su lado...

—Pues buena suerte para tu abuelo —lo interrumpió Prudence—. Apoyar a alguien en general requiere cierto compromiso, no sé si lo sabes.

—¿Qué quieres decir?

—Quiero decir que tú no eres capaz de comprometerte con nada ni durante cinco minutos. Intentar retenerte es como pedir que entregues tu alma o algo así.

—Ah, pero al menos admites que tengo alma.

Entonces sonrió y fue como ver el sol en su cara. A pesar de las advertencias del sentido común, resultaba imposible no devolverle la sonrisa porque era como si estuviese viendo al Laszlo al que tanto había amado. El que, cuando quería, la hacía llorar de risa o de pasión.

Pero su sonrisa desapareció y se recordó a sí misma que aquel Laszlo estaba dispuesto a usar fríamente su poder para vengarse, sin pensar en las consecuencias para ella o su familia.

—La vida no se puede improvisar. A veces hay que hacer cosas aburridas... como aprenderse un papel o llegar a tiempo al escenario.

Laszlo la miró con los dientes apretados.

—¿Estás comparando nuestra relación con una película?

—Eso es —Prudence levantó la barbilla—. Una película muda poco memorable, con un reparto muy pobre y sin argumento.

Sintió que se le erizaba el vello de la nuca cuando él volvió a sonreír.

—Creo que te engaña la memoria, *pireni*. Hubo algunas escenas ardientes en esa película. Incluso de premio.

—¿Al mejor cortometraje? —lo pinchó ella.

—Yo estaba pensando más bien en un premio al mejor maquillaje —replicó Laszlo, con los ojos brillantes.

Prudence no pudo resistir la tentación.

—¿El tuyo o el mío?

—El mío, por supuesto —respondió Laszlo.

Se quedaron en silencio y luego, de repente, los dos soltaron una carcajada.

—¿Podemos llevarnos bien? Por favor, Laszlo. Esto es brutal y no tiene sentido. Insultarnos no cambiará que tu abuelo quiere catalogar su colección de arte y yo estoy aquí para hacerlo. Deja que lo haga por él.

Sus ojos se encontraron, los de ella brillantes de desesperación, los de él oscuros e inescrutables. Prudence tragó saliva, intentando encontrar las palabras que lo hiciesen cambiar de opinión.

—Si pierdo este contrato no solo estarás castigándome a mí, sino a otras personas... gente que no te ha hecho ningún daño —contuvo el aliento mientras esperaba la respuesta, intentando no mostrar su angustia—. Por favor, Laszlo. Por favor, no conviertas esto en algo personal, deja que haga el trabajo y luego me iré de tu vida para siempre.

Él la estudió, en silencio. Necesitaba aquel trabajo y se preguntó hasta dónde llegaría para conseguirlo. De inmediato, experimentó una oleada de deseo y apretó los dientes, sorprendido por la intensidad de esa reacción.

Sería muy fácil darle una oportunidad, pero ¿por qué iba a hacerlo? Después de todo, ella no le había dado una oportunidad a su matrimonio. ¿De verdad pensaba que podía chantajearlo emocionalmente para que olvidase el pasado y el daño que le había hecho? ¿Y su familia? ¿Y su dolor?

Recordaba las largas noches viendo cómo su abuela se iba marchitando poco a poco, el sentimiento de culpabilidad por no haberle dado los nietos que tanto deseaba.

—¿Podemos olvidar y perdonar? Por favor, Laszlo —insistió Prudence—. No creo que de verdad quieras hacer esto.

Él negó lentamente con la cabeza.

—Entonces es que no me conoces en absoluto. Querría que te quedases por mi abuelo, pero no puede ser. Soy un Kalderash Roma y nosotros no olvidamos ni perdonamos.

Esa última frase fue como el sonido de una tumba sellándose.

Prudence no podía ocultar su sorpresa. Experimentaba tal impotencia y desesperación... Y algo más, una ardiente frustración que le quemaba el estómago como el ácido.

—Entiendo. Entonces no está en tu mano —apretó los puños—. Qué conveniente para ti poder culpar de tu cabezonería a tu genética o a tu raza.

—No estoy culpando a la genética ni a mi raza, te estoy culpando a ti.

—Pero no a ti mismo, claro. Nada es culpa tuya, ¿verdad? Tú vas por la vida esperando que los demás acepten sus responsabilidades por más aburridas y tediosas que sean —sonriendo con tristeza, Prudence sacudió la cabeza—. Pensé que en un matrimonio ambos debían dar y tomar, pero no en el nuestro, claro.

—Ah, ahora eres mi esposa. Qué interesante. Hace siete años yo no era suficiente, pero me imagino que el dinero de mi abuelo es una razón mucho más poderosa para que reconozcas nuestro matrimonio.

—¿Cómo te atreves? El dinero de tu abuelo me importa un bledo.

—Pero mi pobreza sí te importaba.

—Esto no tiene nada que ver con el dinero o la falta de él, sino con lo que está pasando ahora mismo. Tú quieres hacerme sufrir... a mí, a Edmund y a todas las personas que trabajan en la casa de subastas porque estás tan cegado por tu estúpido orgullo masculino que no puedes ver nada más.

—Y tú estabas tan cegada que no podías ver más allá de la caravana. Nunca quisiste saber nada de mi gente —replicó Laszlo.

—Eso no es verdad. Si no trataba a tu gente era porque tú jamás me presentaste a nadie.

—Eres una hipócrita. Tú no querías ser parte de sus vidas como no querías ser parte de la mía.

Prudence esperó un momento antes de responder. Era cierto. No había querido ser una parte de su vida, quería serlo todo. Y que Laszlo lo fuese todo para ella.

—No sabía lo que quería —dijo, temblando por dentro—. Muy bien, como tú quieras. Entonces era todo lo que dices y más. Eso no significa que no sea buena en mi trabajo, pero si me despides nunca lo descubrirás y tendrás que conformarte con alguien de segunda categoría —hizo una pausa, mirándolo con gesto desafiante—. Si puedes encontrar a alguien, claro.

—No creo que eso sea un problema. No tuve ninguno para reemplazarte la última vez.

Prudence palideció.

—No me sorprende. Ser el nieto de un multimillonario propietario de un castillo debe de tener mucho poder de atracción para cierta clase de mujeres —el insulto lo hizo palidecer y eso, en cierto modo, logró mermar la tristeza que le habían provocado sus palabras—. Me alegra saber que te tomaste tan en serio nuestras promesas de matrimonio después de haberme desacreditado por no creer que fuera real —siguió ella—. ¿Quién es el hipócrita ahora?

—Yo nunca he sido hipócrita.

—Mira, podríamos estar toda la noche intercambiando insultos, pero no se trata de cualidades o defectos. Ni siquiera se trata de nosotros. Hay otras personas involucradas, no solo personas, sino familias enteras. Y recuerda que tu abuelo estaba deseando empezar a hacer ese inventario. ¿Sus sentimientos no cuentan para ti?

Sorprendida, pensó entonces que el señor De Zsadany podría ser parte de su familia. Lo miró, con las piernas temblorosas y el estómago encogido. Tenía que saberlo con certeza.

—¿Es por eso por lo que eligió a Seymour's? ¿Porque cree que soy tu mujer?

—No, él no sabe que estuvimos casados. Nadie lo sabe salvo mi primo y mi tío abuelo. No tenía sentido disgustar a nadie más —los ojos de Laszlo se endurecieron—. Especialmente a mi abuelo, que ha sufrido tanto.

—Lo siento, de verdad, pero me imagino que esto lo hace más fácil. Que me quede, quiero decir.

—Nada hace fácil tu estancia aquí.

—Solo quiero decir...

—Sé lo que quieres decir. Lo sé mejor que tú misma.

—No seas tan engreído. Llevas media hora diciendo lo despreciable que soy por no creer en nuestro matrimonio, pero tú no le hablaste a nadie de nosotros. Tú no te sientes más casado que yo, ¿verdad, Laszlo? Lo que te disgusta es que yo no creyera que nuestro matrimonio era real —se mordió los labios, apartando un mechón de pelo detrás de la oreja—. Esa es la verdad, por eso quieres castigarme. No porque te importase el matrimonio de verdad. Si fuera así, ¿cómo podrías amenazarme? ¿De verdad crees que un hombre normal despediría a su esposa?

Laszlo enarcó una ceja, esbozando una incrédula sonrisa de desprecio.

—Eso dependería de la esposa.

Notó que Prudence se ponía colorada. Era tan falsa...

Sus sentimientos sobre el matrimonio podrían no ser consistentes o racionales, pero al menos no la había borrado de su existencia. Debería odiarla... y así era. Y, sin embargo, su cuerpo respondía igual que lo había hecho en el pasado.

—No puedes usar nuestro matrimonio contra mí. Casados o no, nunca me dejaste entrar en tu vida.

Salvo cuando hacían el amor, pensó. Pero en una relación tenía que haber algo más que relaciones sexuales. Debía haber confianza, sinceridad, el deseo de compartir.

—Entiendo que tu vida es complicada. Incluso puedo entender por qué no me lo contaste todo desde el principio, pero nada cambió después de nuestro «matrimonio». Me dejaste fuera —murmuró, el dolor y la rabia brillaban en sus ojos.

Laszlo sintió que algo se encogía en su pecho.

—No me diste oportunidad. No te quedaste el tiempo suficiente para digerir el pan y la sal que compartimos el día de nuestra boda. Además, solo estás hablando de detalles.

—¿Detalles? —Prudence lo miraba, incrédula—. ¡Detalles! ¿Tu abuelo es un famoso multimillonario y llamas a eso un «detalle»?

¿Cómo podía mirarla con esa expresión despreciativa, como si él fuera el engañado?

—Eres increíble. Me engañaste y sigues engañándome —dijo ella con la voz quebrada—. No solo sobre el pequeño detalle de quién eras en realidad. ¿No te das cuenta de lo que eso me hizo sentir?

El rostro de Laszlo era como una máscara.

—No es peor que saber que mi familia tenía más importancia que tus sentimientos por mí. Además, la fortuna de mi abuelo no es algo de lo que pudiese hablar en la cama. No hablo de sus finanzas con todas las mujeres con las que me acuesto.

Prudence apretó los puños.

—Yo no era cualquier mujer, era tu esposa, tú mismo lo has dicho. ¿O ya se te ha olvidado?

Laszlo sacudió la cabeza.

—Intenté olvidarte, *pireni*. Y un día tal vez logre hacerlo, pero en cualquier caso nunca te perdonaré. Y sigues despedida.

Prudence sentía en la lengua el corrosivo sabor del fracaso y tuvo que apoyarse en el brazo del sillón una vez más. No había nada más que decir, nada que pudiese afectarlo. Todo había terminado.

Y, siendo así, lo único que quería era alejarse de allí con lo que le quedaba de dignidad.

—Muy bien. Entonces, pide un taxi para que me lleve al aeropuerto. Quiero irme lo antes posible —de repente le dolía la cabeza y se llevó los dedos a las sienes.

Y, aunque seguía furioso, Laszlo se encontró admirando a regañadientes su coraje frente a la derrota.

—Si eso es lo que quieres...

Su voz era la de un extraño, amable, solícito, pero distante, y Prudence sintió frío.

—Nuestro coche está a tu disposición, por supuesto.

Ella negó con la cabeza.

—Gracias, pero prefiero ir en taxi —vaciló durante un segundo y luego levantó la barbilla—. No sé qué vas a decirle a tu abuelo, pero, por favor, pídele disculpas de mi parte por lo que ha pasado. Siento mucho cualquier inconveniente que esto pueda haberle causado. Y también siento no haberlo conocido, debe de ser un hombre muy interesante. Ah, y hay algo más. No tardaré mucho, no te preocupes.

Pero, de repente, no podía seguir. Sabía lo que debía decir, pero no estaba segura de cómo hacerlo. Solo sabía que hasta que dejase de estar «casada» con él su vida nunca sería suya del todo.

–De haber sabido que estabas aquí no habría venido, pero en el fondo me alegro. Verte otra vez me ha hecho entender que debo olvidar lo que pasó entre nosotros –tenía los ojos empañados, pero no iba a llorar. No hasta que no estuviese en el avión, de vuelta a casa–. No te preocupes, no voy a retomar el tema. Digamos que los dos éramos jóvenes y cometimos muchos errores, pero ahora somos mayores y más sabios, así que podemos enmendarlos.

–¿Enmendarlos cómo? –preguntó Laszlo, con un brillo de emoción en sus ojos dorados.

–Ni tú ni yo queremos volver a vernos y deberíamos aprovechar esta oportunidad para solucionar nuestra relación de una vez por todas.

–¿Y qué sugieres?

Prudence tragó saliva. Tenía que enterrar el pasado y el dolor de una vez por todas, necesitaba algo que la dejase seguir adelante con su vida, libre de cargas. Y tal vez lo había encontrado.

–Nuestro matrimonio está roto, los dos aceptamos eso. De modo que... sugiero que lo hagamos oficial.

–¿Cómo?

–Creo que deberíamos divorciarnos. Han pasado siete años, Laszlo. Hemos rehecho nuestras vidas y no necesitamos cabos sueltos.

Vio que él erguía los hombros, tenso.

–¿Eso es lo que soy, un cabo suelto? –exclamó, con fiera intensidad.

–No quiero tener esto sobre mi cabeza. Sin el divorcio, los dos nos sentiremos atrapados por algo que no queremos. Quiero mi libertad.

–¿Libertad? –repitió él.

–Quiero rehacer mi vida.

–Quieres rehacer tu vida –Laszlo enarcó una ceja.

Su gesto era impasible, pero había un brillo peligroso en sus ojos.

—Deja de repetir todo lo que digo. Sí, quiero rehacer mi vida y si conociese a alguien...

—¿Tienes en mente a alguien en particular?

—No, no lo tengo. Aunque eso no sea asunto tuyo.

—¿No es asunto mío? ¿Cómo has llegado a esa conclusión, *pireni*?

—Llevamos siete años sin vernos y no tenemos nada que decirnos.

En los ojos de Laszlo vio un brillo posesivo.

—Sin embargo, sigues siendo mi mujer.

Prudence apartó la mirada, sintiendo un extraño calor que le recorría todo el cuerpo.

—Olvídalo, dejemos que se encarguen los abogados.

—Yo no creo en el divorcio —anunció Laszlo.

—¿Qué quieres decir con eso? ¿Pretendes que sigamos como hasta ahora? Es una locura. Si ni siquiera te gusto... —Prudence hizo una pausa, el rubor la estaba traicionando—. Y, desde luego, tú no me gustas a mí.

—¿Seguro?

—Ha pasado mucho tiempo y ya no soy susceptible a tus encantos.

Tuvo que apretar las manos para no cubrirse los pechos, que empujaban traidoramente contra la delgada tela de la blusa.

—¿Estás segura?

Prudence contuvo el aliento. Era como si una tormenta estuviera a punto de estallar y cuando los ojos de Laszlo viajaron por todo su cuerpo sintió un traidor cosquilleo entre las piernas.

Sabía que debería protestar, apartarse. Y abrió la boca, pero ninguna palabra salió de su garganta porque algo en su mirada le había robado hasta el último átomo de resistencia.

–Vamos a comprobarlo, ¿no? –murmuró él.

Aprisionada por una esperanza, un anhelo al que sabía debía resistirse, sintió que su cuerpo se derretía cuando Laszlo inclinó la cabeza para buscar sus labios. Y a partir de entonces no hubo nada más que él, su insistente boca, el calor de su cuerpo.

Sabía dulce y salado a la vez. Y ardiente. La besaba con avidez, aplastando sus labios, como si no pudiera saciarse. Se apretó contra él, tirando de su camisa, intentando desabrochar torpemente los botones.

Los labios de Laszlo eran peligrosos, adictivos, y sus besos la hacían sentirse valiente y fuerte.

Pero entonces, abruptamente, la soltó y dio un paso atrás. Prudence abrió los ojos, desconcertada, sintiendo un frío en la piel donde unos segundos antes había sentido el calor de sus labios y sus dedos. Temblaba como una hoja bajo la lluvia y tuvo que agarrarse al brazo del sillón para encontrar apoyo.

Después de un largo silencio, Laszlo sacudió la cabeza y dijo en voz baja:

–¿No eres susceptible?

Prudence lo miró, mareada. Apenas se podía creer lo que acababa de pasar, lo que ella había dejado que pasara.

–No deberíamos haber hecho eso –dijo, temblorosa–. Ha sido un error –dio un paso atrás, mirando alrededor frenéticamente.

–Nuestro matrimonio fue un error. Eso... –Laszlo miró sus hinchados labios con gesto burlón– ha sido una demostración de lo poco que te conoces a ti misma.

En alguna parte del castillo empezó a sonar un reloj de pared y Laszlo miró su reloj con el ceño fruncido.

–Es demasiado tarde para tomar un avión –murmuró–. Tendrás que quedarte aquí esta noche –la miraba con frialdad, sus ojos eran oscuros e impenetrables–. Pero no te equivoques. Solo dejo que te quedes por amabilidad. Nada ha cambiado.

–Pero...

–No quiero volver a saber nada de ti. Y yo que tú no mencionaría este asunto fuera de esta habitación. Hay mucho en juego y no será solo tu orgullo lo que resulte herido –hizo una pausa–. También arruinaré a Seymour si lo haces.

En otras palabras, tenía que aceptar que estaba injustamente despedida. No podía despedirla así como así.

Pero sí podía. Y lo había hecho.

De Zsadany Corporation era una multinacional con fondos ilimitados y un departamento de publicidad a su disposición. Prudence sintió un escalofrío. No tenía la menor duda de que, si intentaba desafiarlo, Laszlo usaría todo el arsenal a su disposición para borrarlos del mapa.

Sería terrible tener que decirle a su tío que habían perdido el contrato y, desde luego, no pensaba poner en peligro la casa de subastas.

–Supongo que no querrás quedarte aquí charlando, así que voy a pedir un taxi para... ¿digamos las seis y media?

–Me parece bien.

–Y asegúrate de estar lista a las seis y media o tu familia y toda esa gente de la que hablas vivirán para lamentarlo –anunció Laszlo.

Después de decir eso, se dio la vuelta y salió de la habitación.

Prudence se quedó mirando la puerta, con el corazón en la garganta. Se sentía como un animal atrapado. Lo había estropeado todo y no solo para Edmund.

Siete años antes había jurado olvidarlo. Algunas mañanas había tenido que hacer un esfuerzo sobrehumano para levantarse de la cama y solo un pensamiento hacía que apartase el edredón: que, con el tiempo, Laszlo Cziffra solo sería un triste recuerdo. Y un día lo habría conseguido.

Pero después de aquel beso sabía que esa esperanza era absurda, porque el tiempo que hubiera pasado no importaba. Siete años o setecientos, daría igual. Nunca sería tiempo suficiente para olvidar a Laszlo y lo que él le había hecho sentir.

Prudence se llevó una mano a los labios, recordando el ardiente beso. Como, aparentemente, seguía haciéndole sentir.

Capítulo 4

LASZLO se despertó sobresaltado. La habitación estaba oscura y helada, pero no era el frío aire de la noche lo que lo había despertado. Se tumbó de lado, sintiendo que el corazón le latía salvajemente contra las costillas. Había pasado mucho tiempo desde que «el sueño» lo despertó, tanto que casi había olvidado la mezcla de aprensión y pánico. Pero Prudence Elliot ya no solo lo perseguía en sueños. Estaba allí, en su casa, durmiendo bajo el mismo techo, con su presencia ensartándolo como un anzuelo.

Frunciendo el ceño, volvió a tumbarse de espaldas sintiendo que le ardían las mejillas.

La noche anterior, Prudence lo había acusado de ser un cobarde y un mentiroso. Sus acusaciones, tan inesperadas, tan amargas, estaban alojadas en su corazón, frío como una roca. Volvió a ponerse de lado, intentando olvidar sus palabras, pero el espacio vacío a su lado solo servía para aumentar la tenacidad del recuerdo.

Sentía una tristeza insondable.

Una vez, se había imaginado a Prudence tumbada a su lado en esa misma cama. Se había imaginado llevándola al castillo como su flamante esposa, incluso se había imaginado su cara de sorpresa y de emoción. Y siete años después estaba allí, pero durmiendo en una de las habitaciones de invitados y no como su esposa, sino como una intrusa.

Daba igual. Pronto se marcharía. Su respiración sonaba jadeante en la silenciosa y oscura habitación. La frustración y el resentimiento le impedían respirar.

Volvió a moverse, inquieto, entre las sábanas y, sabiendo que no podría conciliar el sueño, buscó el interruptor de la lámpara. ¿Qué le pasaba? La inminente partida de Prudence debería consolarlo. Entonces, ¿por qué pensar en ello lo ponía más tenso?

El sentimiento de culpabilidad. Eso era. Imaginarse la decepción de su abuelo. Pero ¿qué otra cosa podía hacer? Trabajar con ella, vivir con ella, hubiera sido intolerable. Laszlo apretó los dientes. Despedirla había sido lo mejor, lo único que podía hacer. Y debería ser el final. Prudence había dicho que quería el divorcio.

Lo había dicho como si no tuviera la menor importancia, pero, para él, fue como una bofetada. Golpeó la almohada, airado. ¡Había exigido su libertad! Quería liberarse de algo en lo que nunca había creído.

Lo único que importaba era hacerle daño y demostrarle que estaba equivocada, por eso la había besado. Y sentir que se derretía había sido un triunfo. Sin embargo, esa sensación de triunfo se había esfumado y estaba perdido, era un extraño para sí mismo, su cuerpo, una masa temblorosa de frustrado deseo.

Maldita fuera, no debería sentir eso. Después de todo, era Prudence Elliot.

De repente, recordando su boca, se excitó dolorosamente. Muy bien, la deseaba. Eso era innegable. Tal vez «odiar» era una palabra demasiado fuerte. Desde luego no le hacía justicia a la mezcla de sentimientos que lo invadían; unos sentimientos a los que no podía poner nombre. Solo sabía que su vida se había vuelto infinitamente más complicada y menos segura en una sola noche.

Abruptamente, apagó la lámpara y cerró los ojos, agotado. El sueño se apoderó de él cuando el sol empezaba a entrar en la habitación.

Era hora de irse.

Encogida en el taxi, Prudence cerró los ojos, despidiéndose en silencio del castillo Almasy. Debería ser un alivio saber que no volvería allí, pero cuando el coche aceleró por el camino tuvo que hacer un esfuerzo para no dejarse llevar por una sensación de fracaso y desolación. ¿Cómo podía haber terminado así?

Recordó con tristeza el día que conoció a Laszlo. Había sido en una feria y, embriagada por las luces, el ruido, la multitud y el algodón de azúcar, había trastabillado al verlo. Su sombría belleza había sido como un trago de alcohol puro. En ese momento se había enamorado loca e irrevocablemente de él y más tarde, entre sus brazos, se había sentido invencible.

Prudence se irguió, apretando los dientes. Pero eso fue siete años antes y lo único que quedaba de esa emoción, de ese éxtasis, era una horrible resaca.

La noche anterior no había podido conciliar el sueño. Imágenes de Laszlo, oscuras como el vino, aparecían en sus sueños. Su mirada ardiente, la sensual curva de su boca, sus fuertes manos tirando de ella...

Tragó saliva al recordar el fiero placer de su beso y cuánto había deseado que siguiera besándola, tocándola y...

Abrió los ojos abruptamente. ¿Y qué? ¿Dejar que la besara no había sido suficiente? Tal vez también debería acostarse con él para completar la humillación. Quizá así entendería de una vez por todas que ese beso no había tenido nada que ver con la pasión y sí con el poder que Laszlo quería ejercer sobre ella.

Debería haberle dado una bofetada, empujarlo o mejor, salir corriendo, pero, por supuesto, no había hecho nada de eso. El deseo que sentía por él era tan imparable como un río de lava. Aunque había sido cruel y poco razonable, se había rendido a la dulzura de sus labios y al traicionero placer de estar entre sus brazos de nuevo.

Prudence se mordió los labios. Aquello no debería haber pasado, pero no era una sorpresa. La noche anterior, el pasado había colisionado con el presente como una bomba atómica. Laszlo y ella eran supervivientes del estallido, trastabillando, incapaces de hablar o escuchar. La intimidad física había sido inevitable porque los dos estaban heridos y necesitaban consuelo. Además, el sexo siempre había sido la mejor forma de comunicarse para ellos.

Miró por la ventanilla, sintiéndose de repente vacía y sola. Pero no era el momento para fantasías. Laszlo Cziffra podía seguir siendo su «marido», pero no era su amante, sino el enemigo y ese beso había sido la demostración implacable de su poder, no una resurrección de la pasión que una vez habían compartido.

¿Cómo se atrevía a retorcer algo que había sido tan hermoso según le convenía? Era un monstruo, un tipo jactancioso y manipulador. Porque tanto hablar sobre su matrimonio... y solo eran palabras. Después de todo, ¿qué clase de marido despediría a su propia esposa?

Frustrada, miró el muro de la finca por la ventanilla. ¿Cómo podía despedirla? Ella, o más bien la casa de subastas Seymour's, había sido contratada por el señor Janos de Zsadany, no por Laszlo Cziffra.

Entonces, de repente, se inclinó hacia delante y golpeó el cristal que la separaba del conductor.

—Para el coche, por favor.

Salió del taxi antes de que hubiese parado del todo y vio la cara de sorpresa del taxista cuando estuvo a punto de caer al suelo.

—Lo siento, no quería asustarlo —se disculpó—. Es que acabo de recordar que me he dejado algo en el castillo —sintió que le ardían las mejillas mientras el hombre la miraba con gesto de incredulidad—. Así que voy a volver y luego...

Sacó el monedero del bolso, pero el taxista sacudió la cabeza.

—No hace falta, ya está pagado. ¿Quiere que la lleve al castillo?

Prudence sintió una punzada de alarma. ¿Qué estaba haciendo? Atónita, se dio cuenta de que no lo sabía y le daba igual. Había obedecido las reglas durante toda su vida, ¿y de qué le había servido?

—No, gracias —respondió con firmeza—. No está lejos y prefiero ir dando un paseo.

Después de recuperar su maleta, le dio las gracias al taxista y se encaminó hacia el castillo con el corazón acelerado.

Esperaba que el taxista la llamase o que la siguiera, pero no ocurrió nada de eso y, después de unos minutos, se dio cuenta de que por primera vez desde que aceptó ir a Hungría se sentía tranquila, incluso contenta.

Por fin, llegó frente a los portalones de hierro. Se detuvo un momento para tomar aliento y luego empujó el tirador. Tiró y tiró con desesperación, pero no servía de nada. El metal crujía, pero las puertas seguían obstinadamente cerradas.

Prudence dejó escapar un gemido. Era un cerramiento eléctrico, de modo que no iba a poder abrirlas. Miró alrededor buscando un timbre, pero no lo vio por ninguna parte. ¿Cómo iba a volver?

Miró hacia la solitaria carretera y, por fin, se volvió de nuevo hacia las puertas. De modo que no podía hacer nada. Su momento de bravura había pasado. Su único momento de rebelión en la vida había terminado antes de empezar. Suspirando, miró el muro de piedra.

¿O no?

Sin pensarlo dos veces se quitó los zapatos y los guardó en la maleta. Luego dio un paso atrás para comprobar la altura del muro y, reuniendo todas sus fuerzas, lanzó la maleta por encima. Conteniendo el aliento vio cómo volaba antes de caer al otro lado.

Perfecto.

Se subió a una roca y empezó a escalar. Fue más fácil de lo que había pensado y acababa de saltar el muro con una sonrisa cuando sintió un cosquilleo de alarma. Un segundo después se quedó sin aliento, como un globo desinflándose, al escuchar una voz familiar.

—Buenos días, señorita Elliot. Me gustaría decir que es un placer volver a verla, pero los dos sabemos que eso no es verdad.

Prudence se dio la vuelta. Laszlo estaba mirándola, con las manos en los bolsillos del pantalón, su rostro, como de costumbre, era inescrutable. Con unos tejanos, un polo negro y el pelo desordenado, parecía más joven, más alegre e informal que la noche anterior, pero la intensidad de sus ojos era la de un depredador.

—Eso de aparecer de forma repentina se está convirtiendo en una costumbre, ¿no? Si no te conociera, diría que tienes algún plan. De hecho, parece que estás intentando colarte en mi casa sin permiso.

Laszlo apretó los labios. En realidad, mientras la veía saltar el muro había sentido algo más parecido al miedo que a la ira. ¿Qué habría pasado si se hubiera caído y él no estuviera por allí?

Aunque estaba pisando suelo firme, Prudence sintió que algo se movía bajo sus pies. Y mirar a Laszlo no la ayudaba a recuperar la compostura, pero no tenía sentido volver si iba a dejar que la intimidase. De modo que, apretando los dientes, mantuvo la cabeza alta y lo miró, desafiante.

—¿Has vuelto para robarme o solo para comprobar si me habías roto el cráneo con la maleta?

Prudence hizo una mueca.

—¿Qué quieres decir con eso?

Él enarcó una ceja.

—¿Qué quiero decir? Que estaba dando mi paseo matinal, pensando en mis cosas, cuando has estado a punto de romperme la crisma con esa cosa.

—¿Yo?

—Es tuya, ¿no? —Laszlo señaló la maleta tirada sobre la hierba.

Prudence se puso colorada hasta la raíz del pelo y, de repente, sin poder evitarlo, soltó una carcajada.

—Lo siento, sé que no tiene gracia. Lo siento, de verdad —se mordió los labios para contener una nueva carcajada mientras él intentaba disimular una sonrisa.

Pero entonces, de repente, se puso serio y fue como un jarro de agua fría.

—Es un milagro que no le hayas hecho daño a alguien. Mi abuelo suele levantarse temprano para dar un paseo, pero, como nadie ha resultado herido, acepto tus disculpas. Aunque eso no explica que hayas saltado el muro unos minutos después de haber tomado un taxi para ir al aeropuerto.

Prudence sintió que le ardía la cara de vergüenza y de rabia.

—He tenido que saltar el muro porque las puertas están cerradas.

De nuevo, Laszlo enarcó una ceja.

—Por supuesto que sí. Para eso están, para evitar a los intrusos.

Negándose a dejarse intimidar, Prudence se volvió para mirarlo.

—Yo no soy una intrusa, estoy aquí porque tu abuelo me ha contratado para hacer un trabajo. Tú quieres enviarme de vuelta a casa, pero eso no es decisión tuya.

Laszlo permanecía impasible. Había pensado que nada podría sorprenderlo después de encontrar a Prudence en su casa la noche anterior, pero eso fue antes de verla saltar por encima de un muro de piedra. Y se negaba a marcharse hasta que hablase con su abuelo.

Tuvo que apretar los dientes. Tardaría un segundo en llamar al taxi para que volviese... entonces, ¿por qué estaba dudando?

Cuando volvió a mirarla sintió una tensión en la entrepierna. ¡Por eso! ¿Sabría Prudence lo sexy que estaba en ese momento? ¿De verdad era la misma chica con la que se había casado siete años antes? Descalza sobre la hierba, con el pelo desordenado cayendo sobre los hombros y los pechos levantados como una moderna Semíramis.

Ella dio un paso adelante, dispuesta a la batalla.

—No pienso irme porque tú lo digas. Tendrás que sacarme de aquí gritando y pataleando...

—Muy bien, muy bien —Laszlo levantó una mano en señal de rendición—. Dame la maleta.

Prudence torció el gesto, suspicaz.

—¿Por qué?

Sus ojos se encontraron y, en el silencio, notó los latidos de su corazón.

—Para llevarla a la casa porque no suelo hacer negocios en el jardín. Vamos a algún sitio más discreto y más seguro.

—¿Más seguro?

—Te aseguro que este jardín es mucho más peligroso de lo que parece.

Prudence sintió que se le erizaba el vello de la nuca y, de repente, le resultaba imposible respirar.

—Supongo que quieres tirarme al foso o algo así.

Laszlo negó con la cabeza.

—Eso no va a pasar, no te preocupes. No tenemos foso desde el siglo XVI —miró el cielo con el ceño fruncido—. Además, está a punto de llover y yo soy un caballero. No quiero que se me moje el pelo. Ya sabes lo que pasa cuando se me moja el pelo...

Prudence esbozó una sonrisa.

—¿Un caballero? Más bien un bandolero.

Él hizo una mueca cuando la primera gota cayó sobre sus hombros.

—Vamos, *pireni*. Ya sabes que odio que se me rice el pelo. Prometo no hacer nada que tú no quieras hacer.

Entonces las nubes se abrieron y la lluvia empezó a caer con fuerza.

—¡Por aquí! —gritó Laszlo, tomando su mano para correr hacia un enorme y vacío granero—. Tendremos que esperar aquí hasta que escampe. ¿Estás bien? ¿No te has cortado? —le preguntó, mirando sus pies desnudos.

¿Estaba bien?, se preguntó Prudence. ¿Cómo iba a estar bien a solas con Laszlo en un granero solitario?

Sus ojos estaban clavados en el polo empapado, con los bien definidos músculos visibles bajo la tela. De inmediato, sintió un familiar cosquilleo en la pelvis. Ella sabía lo que había bajo el polo y anhelaba tocarlo con las manos, con los labios...

Se quedó sin aliento cuando él sacudió la cabeza como un perro. Y, cuando levantó la mirada, el pulso de Prudence se detuvo.

—No quiero tener que hablar con tu abuelo, Laszlo. Solo quiero que me devuelvas el trabajo.

Él la estudió con calma.

—Sé lo que quieres —murmuró, clavando en ella una mirada que la hizo contener un suspiro.

—¿Ah, sí?

Laszlo miró sus rosados labios y sintió que su cuerpo

respondía de inmediato. Siempre había sido así con Prudence; aquel fiero deseo físico como un ansia que debía ser satisfecha.

Sentía como si estuviera al borde de un precipicio y tuvo que apartar la mirada.

—Muy bien, puedes quedarte. El trabajo es tuyo.

Prudence se mordió los labios. ¿De verdad había cambiado de opinión o era un juego cruel? Pero una mirada a su expresión le dijo que, por increíble que pareciese, estaba diciendo la verdad.

—¿Estás seguro? Es que me parece tan extraño que cambies de opinión así, de repente.

Laszlo tuvo que hacer un esfuerzo para mirarla a los ojos. Tendría que aceptar ese cambio de opinión como prueba de su impulsiva naturaleza, pero la verdad era que estaba luchando consigo mismo para entender esa decisión.

—Ya me conoces, Prudence. Me encanta desviarme del camino. Lo llevo en la sangre.

Ella lo miró, recelosa. Desde luego, eso era cierto. Sus cambios de humor y su comportamiento errático siempre habían sido un problema. Pero, si aquella iba a ser una relación profesional, tenía que afrontar los hechos y temía que intentase engañarla.

—¿Por qué has cambiado de opinión?

Laszlo se encogió de hombros.

—Seymour's es la mejor casa de subastas y yo quiero lo mejor para mi abuelo, pero no creas que ha cambiado nada entre nosotros. Puede que esté dispuesto a olvidar el pasado por mi abuelo, pero no te he perdonado.

Y tampoco estaba seguro de hacer lo correcto dejando que Prudence se quedase, pero solo serían unas semanas y él daría las órdenes.

De hecho, cada vez le parecía mejor idea. Después de haber racionalizado su comportamiento, pensó que sería inmensamente gratificante tener a su hermosa esposa inglesa a sus órdenes.

Prudence apretó los puños, resentida. Debería sentirse aliviada, contenta incluso porque había conseguido conservar su trabajo, pero empezaba a entender las consecuencias de haber conseguido ese objetivo y se sentía más acorralada que otra cosa. Él era quien controlaba la situación y lo sabía.

Y peor aún era saber que todavía respondía a su virilidad con un deseo imperdonable.

¿Podría hacerlo? ¿Podría trabajar y vivir con Laszlo? Recordando el calor de sus labios sintió que el aliento se quedaba en su garganta. ¿Cómo podía seguir deseándolo después de todo lo que había pasado? Era incomprensible. Pero mientras su corazón se había endurecido contra él, su cuerpo se derretía ante el menor roce. Y que eso no le gustase no cambiaba nada.

Si alguna vez era tan tonta y débil como para imaginarse besándolo otra vez, tendría que recordar que Laszlo la había descartado fríamente y sin la menor compasión. Ningún beso, ninguna caricia por sublime que fuera, podría cambiar eso.

—Lo entiendo —dijo con sequedad. Estuvo a punto de decir que su perdón no le interesaba, pero no le apetecía volver a discutir—. ¿Y tu abuelo? —preguntó abruptamente—. ¿Qué vas a decirle sobre nosotros?

Laszlo se volvió para mirarla, con unos ojos tan dorados y fieros que era como mirar el sol.

—¿Qué voy a decirle, que lo he engañado durante los últimos siete años?

Prudence tragó saliva.

—¿Y mi contrato?

Laszlo la estudió un momento.

—Lo firmaremos mañana por la mañana, pero hasta entonces debe bastar con un apretón de manos.

Ella le ofreció su mano, pero lanzó un gemido de sorpresa cuando Laszlo tiró con fuerza de su muñeca para apretarla contra su ancho torso.

—Suéltame —protestó, intentando apartarse.

—Te soltaré cuando hayamos aclarado un par de cosas.

—¿No es eso lo que vamos a hacer firmando el contrato? Con un abogado presente, por supuesto.

A Prudence se le encogió el estómago cuando él enredó los dedos en su pelo, manteniéndola cautiva con la otra mano.

—Tendrás tu contrato, Prudence, pero antes debemos establecer ciertas reglas.

—¿Qué reglas? —preguntó ella con voz estrangulada.

—La primera, estás aquí para trabajar y, pienses lo que pienses, soy tu jefe. Esto es algo que mi abuelo me ha pedido que supervise y, si crees que no puedes soportar órdenes mías, sugiero que vuelvas a saltar el muro y te marches ahora mismo.

Prudence apretó los puños, contando hasta cincuenta en silencio. Por fin, después de esa larga pausa, murmuró:

—Lo entiendo.

—Segundo, reducirás tus comentarios exclusivamente a temas relacionados con el inventario. No hablarás con nadie sobre nuestra relación o de la existencia de nuestro matrimonio. Y no me refiero solo a mi abuelo.

—No te preocupes por eso, no pienso hablarle a nadie de nuestro matrimonio. No es algo de lo que pueda jactarme precisamente.

—Por fin algo en lo que podemos estar de acuerdo.

Sus ojos se encontraron con los de Laszlo, como nubes chocando con el sol y Prudence sacudió la cabeza, cansada. Estaba empezando a desear haberse quedado en el taxi.

—No quiero saber nada de ti cuando no estemos trabajando. Esa es mi regla. He vuelto para hacer un trabajo y eso es lo que voy a hacer, nada más. Nada de discusiones sobre un matrimonio del que yo no sabía nada y que, francamente, fue tan corto y hace tanto tiempo que apenas lo recuerdo.

—Pero yo sí —Laszlo le acarició los labios con el pulgar hasta que Prudence se apretó contra él; el roce de su duro miembro no dejaba dudas sobre lo que sentía—. Yo recuerdo cada momento.

Ella abrió la boca para decir algo, pero su cerebro y su cuerpo no parecían ponerse de acuerdo. Le daba vueltas la cabeza, el deseo se mezclaba con la frustración y la ira.

Y entonces Laszlo la atrajo hacia sí, apretando los duros muslos contra su pelvis. Se apoderó de sus labios hasta que, sin poder evitarlo, Prudence levantó las manos para enredarlas en su pelo, casi como si pensara que iba a desaparecer en ese beso.

Y entonces, despacio al principio y luego con un sobresalto, su cerebro pareció salir del letargo y se apartó de sus brazos.

El aire era frío y cortante como una navaja y se pasó una mano por la boca, como para borrar toda traza de sus exigentes y sensuales labios.

—No deberíamos haber hecho eso.

Su voz era descarnada, su respiración jadeante. Había sido un error estúpido y peligroso. Pero ¿cómo podía ser un error si había sido tan... maravilloso?

Laszlo la deseaba tanto que apenas podía permanecer en pie. Y ella lo deseaba también. Podía verlo en la turbulencia de sus ojos, en el convulsivo temblor de sus manos.

—¿De qué estás hablando?

—No quiero esto... no te quiero a ti —empezó a decir Prudence.

–¿Eso era no desearme? –preguntó él, irónico.

Ella sacudió la cabeza, horrorizada por la respuesta de su cuerpo.

–Te deseo –dio un paso atrás, agitada–. Pero no puede ser. Sería un error –añadió, frenética, buscando la puerta del granero para escapar.

Laszlo frunció el ceño.

–¿Por qué? Estamos casados...

Prudence lo miró, incrédula.

–No se trata de si estamos o no casados, Laszlo. No es apropiado hacer eso cuando... tú me odias.

–No te odio –respondió él.

Y le sorprendió reconocer que era verdad. No la odiaba.

Los dos se quedaron en silencio durante unos segundos.

–Pero no te gusto y tú no me gustas a mí. Y, desde luego, no nos queremos –su voz sonaba firme y estaba lo bastante calmada como para levantar la barbilla–. Esto es solo sexo.

–No es solo sexo –replicó él, con énfasis–. Está claro que no has tenido muchas experiencias sexuales si crees que esto es solo sexo.

Prudence se puso colorada.

–Tienes razón, no las he tenido. Pero cuando haga el amor con alguien será porque lo ame y solo por eso. Por ninguna otra razón –sabiendo lo excitante que podían ser «otras razones», apretó los puños para controlar el traidor cosquilleo de su piel–. Así que no, Laszlo. No voy a tener sexo contigo en un granero aunque podamos estar casados –añadió, cruzando los brazos sobre el pecho en un gesto desafiante.

Él la estudió en silencio. ¿De verdad había pensado que se acostaría con él? ¿Y la habría respetado si así fuese? Sonrió con tristeza. ¿Se habría respetado a sí mismo? Después de todo, la había besado dos veces en menos de veinticuatro horas, diciéndose a sí mismo que era un error, que solo era un acto reflejo... un hábito del pasado. Pero ¿por qué, si era cierto, quería repetir ese error? Y seguir repitiéndolo.

No, su error había sido creer que la había olvidado, porque no era así. Prudence era como un virus en su sangre; su deseo por ella había estado hibernando hasta que volvió a aparecer en su vida, poniéndola patas arriba.

Necesitaba curarse del poder sexual que ejercía sobre él, pero estaba tan excitado que le resultaba difícil pensar. Lo único que sabía era que su cuerpo temblaba de frustración.

—Muy bien –dijo por fin–. Los dos tenemos que acostumbrarnos a esta situación y creo que deberíamos darnos un respiro. ¿Qué tal si vamos al castillo a desayunar?

Prudence asintió con la cabeza. ¿Por qué había admitido que podría estar casada con Laszlo? ¿Y por qué la idea de ser su esposa hacía que se le encogiera el estómago?

Aunque aceptase su versión de los hechos, no era algo que necesitase recordar, sino todo lo contrario; sobre todo porque parecía decidida a dejarse llevar por la intensa química sexual que había entre ellos a la menor oportunidad.

Irguiendo los hombros, se apartó el pelo de la cara para hacerse una coleta. Su cuerpo tenía muy poco sentido común cuando se trataba de Laszlo y tendría que estar en guardia a todas horas. Si no, aquel acuerdo no podría funcionar. Y estaba allí para trabajar, no para vivir una vida paralela en la que Laszlo y ella estaban felizmente casados.

Se dio cuenta entonces de que él había dicho algo, pero estaba perdida en sus pensamientos.

–Perdona, ¿qué has dicho?

Laszlo la miró especulativamente.

–Que te presentaré a mi abuelo después de desayunar y luego decidiremos dónde vas a dormir. No será ningún problema, tenemos muchos dormitorios en el castillo.

Su entrepierna se tensó dolorosamente ante la imagen de Prudence desnuda en su cama y tuvo que hacer un esfuerzo para tomar aire. Tal vez vivir bajo el mismo techo no fuese tan buena idea, a menos que estuviese dispuesto a dormir bajo una ducha fría.

Prudence parecía estar pensando lo mismo.

–Podría alojarme en un hostal del pueblo.

–Eso no será necesario.

Había otra opción, pero hasta ese momento la mera sugerencia lo hubiera asombrado. Pero ya nada era lo mismo. Mirando a Prudence, Laszlo se aclaró la garganta.

–Hay una casa desocupada en la finca. Es pequeña, pero está limpia y es mucho más acogedora que el castillo –sus ojos echaban chispas–. Pero no te acomodes demasiado. En cuanto el inventario esté terminado te quiero fuera de mi vida y no quiero volver a verte nunca más.

Capítulo 5

ESTA es una de mis piezas favoritas de toda la colección –Janos de Zsadany dio un paso atrás para admirar el retrato de una chica con un abanico verde–. Annuska y yo se lo regalamos a Zsofia en su dieciséis cumpleaños –el hombre se volvió hacia Prudence con una sonrisa–. Creo que, en secreto, ella esperaba un caballo, pero afortunadamente se mostró encantada.

Prudence miró el retrato.

–Es precioso. ¿Estaba buscando específicamente un Henri?

Janos negó con la cabeza.

–No, en absoluto. Pero cuando Annuska y yo vimos este retrato supimos que debíamos comprarlo. Nos recordaba tanto a Zsofia... No solo por el color de la piel, sino por su expresión –sonrió con gesto de disculpa–. Mi hija solía mirarme así, con esa mezcla de cariño e irritación.

Prudence se dio cuenta entonces de que no estaban hablando de cualquier mujer, sino de la madre de Laszlo.

–Me imagino que sería por la edad –sugirió.

Se sentía culpable. Janos estaba hablando abiertamente sobre temas privados con una mujer que estaba casada en secreto con su nieto. Pero ¿qué otra cosa podía hacer? Había acordado con Laszlo no hablar de su matrimonio, pero enfrentada a la cortesía del anciano, el subterfugio la hacía sentirse como una traidora.

—En cualquier caso, fue una buena compra, señor De Zsadany —le dijo, intentando sonreír.

—Yo también lo creo. En fin, creo que vamos a llevarnos muy bien, señorita Elliot —el anciano frunció el ceño—. Pero deberíamos dejar a un lado las formalidades o nos pasaremos el día repitiendo nuestros apellidos. Por favor, llámame Janos.

—Prudence —dijo ella con firmeza—. Y gracias por hacerme sentir tan bienvenida.

—No, gracias a ti por venir. Has hecho muy feliz a este viejo. Aunque lamento que Seymour no haya podido venir en persona, no estoy en absoluto decepcionado con su sustituta, más bien al contrario. Y no te preocupes, no se lo contaré a nadie. Será nuestro pequeño secreto.

—Un castillo remoto en Hungría y una mujer hermosa con un secreto. Qué intrigante, parece el argumento de un romance histórico.

Los dos se volvieron para ver a Laszlo en la puerta. Tenía los ojos clavados en Prudence, pero cuando miró a su abuelo esbozó una sonrisa.

—Bueno, ¿cuál es el gran secreto?

Seguía sonriendo, pero su tono era seco, como un cuchillo golpeando una piedra mojada. Desde la llegada de Prudence se había visto atormentado por sueños de tenerla desnuda en el granero, y sin embargo, ella se mostraba amablemente glacial. Era una frialdad que parecía reservada exclusivamente para él, porque se mostraba encantada con su abuelo.

Janos le dio una palmadita en el brazo a su nieto.

—Solo estaba intentando convencer a Prudence de que su presencia no es una desilusión. De hecho, espero que acepte ser mi compañera de ajedrez por las noches.

Ella esbozó una sonrisa.

—Eso sería estupendo, señor...quiero decir Janos. Pero no quiero molestar.

El hombre negó con la cabeza.

–No, al contrario. Estás lejos de casa y mientras seas nuestra invitada es nuestra obligación hacer que te sientas bienvenida, ¿verdad, Laszlo?

Prudence contuvo el aliento cuando Laszlo asintió con la cabeza.

–Claro que sí, *papi,* pero ahora mismo tienes que bajar a hablar con Rosa. Aparentemente, tenéis que discutir sobre unas cortinas.

Janos frunció el ceño.

–Ah, sí, las cortinas. Lo había olvidado, o más bien esperaba que Rosa lo hubiese olvidado –se pasó una mano por la cara, mirando a Prudence con gesto de disculpa–. Si me perdonas, querida...

–Por favor.

–Tal vez pueda convencerte para que almuerces con mi nieto y conmigo.

Janos se despidió después de eso, dejando a Prudence con un nudo en el estómago. Desde que llegó al castillo tres días antes, se había alojado en la casita cuando no estaba trabajando y apenas había visto a Laszlo salvo a la hora de la cena, cuando encontraba su cortesía deprimente e irritante. Y allí estaban, solos otra vez. No podía esconderse de su mirada o de la emoción que bullía en su interior.

Mordiéndose los labios, iba a colocarse el pelo detrás de la oreja cuando recordó que, como solía hacer cuando estaba trabajando, se lo había sujetado en una coleta.

–No tengo que comer con vosotros. Puedo decir que tengo trabajo o que me duele la cabeza –murmuró, desesperada por decir algo antes de que perdiese el control de su cuerpo y no pudiera pensar y mucho menos hablar.

Laszlo la miró con frialdad.

–Prefiero que no mientas a mi abuelo.

–No sería una mentira, tengo mucho trabajo –respondió ella, volviéndose para tomar unos papeles del escritorio.

—¿Y el dolor de cabeza? —insistió él.

Prudence se volvió, apretando los dientes.

—También tengo un dolor de cabeza y está delante de mi cara —respondió, antes de seguir guardando documentos en la caja. Pero lo miraba a hurtadillas mientras se acercaba al retrato que había sido de su madre y pasaba un dedo por el marco—. ¿No tienes nada que hacer? —le espetó por fin.

Laszlo se volvió, encogiéndose de hombros.

—Yo tengo una cura para el dolor de cabeza —su tono hizo que a Prudence se le erizase el vello de la nuca.

—Yo también, una aspirina. La tengo en el bolso.

Laszlo hizo una mueca.

—No deberías tomar pastillas para el dolor de cabeza, no son la cura. Tienes que tratar la causa, no los síntomas.

—Ah, vaya, no sabía que fueras médico. ¿Es otra de tus vidas paralelas?

—No, es que no me gusta tomar drogas.

—Es un simple analgésico —replicó ella—. Y te agradecería que te limitases a hablar conmigo sobre el inventario. A menos que creas que tomar un analgésico afecta a mi trabajo... —se quedó atónita cuando Laszlo empezó a mirar bajo las mesas y a mover los cuadros que estaban en el suelo—. Ten cuidado. No debes tocarlos sin ponerte guantes.

Corrió hacia él, pero se detuvo de golpe cuando se volvió para mirarla.

—¿Qué haces?

Había tanto fuego en su mirada que tuvo que apretar las rodillas para controlar un cosquilleo.

—Estoy buscando el pedestal del que deberías bajarte.

Prudence hizo una mueca.

—Muy gracioso, pero no sé por qué te ríes de mí.

Fuiste tú quien dijo que no podíamos hablar de nada que no fuese el inventario. Solo estoy cumpliendo las reglas que tú mismo has impuesto.

—Pero yo hago las reglas y yo puedo cambiarlas —abruptamente, Laszlo se acercó a la ventana—. Necesitamos un poco de aire fresco y algo de sol —dijo en voz baja—. Un paseo tal vez. Antes te gustaba mucho dar paseos.

Prudence se mordió los labios al imaginarse dónde podía llevar un paseo por aquel solitario paraje. Intentó aferrarse a su rabia, a cualquier cosa que pudiera contener ese traidor cosquilleo.

—Muy bien. Iré a dar un paseo antes del almuerzo, pero sola. ¿Satisfecho? Y ahora, si no te importa, tengo mucho trabajo que hacer.

Desesperada por perderlo de vista señaló la puerta, pero en lugar de marcharse, Laszlo se quedó mirándola fijamente hasta que ella estuvo a punto de ponerse a gritar.

—¿Por qué sigues aquí? —le espetó por fin—. ¿No tienes alguna armadura que pulir o algo así? Pensé que tenías un restaurante.

Laszlo se encogió de hombros.

—En realidad, es una cadena de restaurantes. Pero no, ahora mismo no tengo nada que hacer.

En otras palabras, estaba aburrido. Y ella era su entretenimiento.

—Pero yo sí. ¿Por qué no vas a escalar tus torres o a vigilar la finca?

—Torreones... —la corrigió Laszlo—. Del italiano *torretta*. Ayudan a proteger el castillo de los intrusos. Al menos, deberían servir para eso —añadió, enarcando una ceja—. Estoy listo cuando quieras.

—¿Para qué?

—Para dar ese paseo.

Prudence sacudió la cabeza. Le latía el corazón con tal violencia que apenas podía oírse a sí misma.

—He dicho que no.

Laszlo la miró, burlón.

—Venga, necesitas aire fresco. Y, además, Rosa me ha dado sábanas y toallas para tu casa y me echará una bronca si dejo que las lleves tú. Podemos ir juntos ahora o puedo llevarlas después.

Ella lo miró, en silencio. Se sentía como un ratón acorralado por un gato. Pero tal vez estaba sacando las cosas de quicio, pensó, mirando su blusa azul marino y los pantalones de trabajo de color oliva. No iba vestida para una escena de seducción. Además, no quería que Laszlo apareciese en su casa por la noche.

—Muy bien, vamos a dar un paseo entonces. Pero quiero llevarme esta caja, así que tendrás que esperar hasta que haya guardado todos los documentos que necesito.

Cinco minutos después caminaba con gesto resentido hacia la casa, intentando ignorar a Laszlo, que iba a su lado sujetando una bolsita con toallas de aseo. Para añadir el insulto a la injuria, la caja de documentos que había llevado con ella pesaba una tonelada y le dolían los brazos.

—Espera, deja que la lleve yo —se ofreció Laszlo.

—No hace falta —murmuró Prudence.

Por supuesto, Laszlo no le hizo caso y le quitó la caja de las manos.

Decidida, siguió caminando, mirando fijamente el horizonte hasta que, por fin, y para su infinito alivio, vio el tejado de la casa.

—Muchas gracias. Yo puedo llevar la caja a partir de aquí.

—Hace más calor del que pensaba —murmuró Laszlo—. ¿Podrías darme un vaso de agua?

Prudence apretó los dientes. Pronto estaría pidiendo

un té y un plato de galletas. Apresurando el paso, se dirigió a la puerta echando humo.

Pero, por supuesto, Laszlo se colocó a su lado.

—¿Por qué no dices nada?

—Porque no tengo absolutamente nada que decirte.

—Yo creo que tienes muchas cosas que decirme.

—No, te equivocas.

—Tal vez tengas razón. Siempre he pensado que hablar está sobrevalorado y se me ocurren cosas mucho mejores que hacer con la boca.

A Prudence se le encogió el corazón. Aquello estaba complicándose. Respirar era imposible y, a toda prisa, tomó el camino que llevaba hacia la casa, pero estaba embarrado por la lluvia y resbaló. Le dio un vuelco el corazón cuando Laszlo la tomó del brazo.

—Cuidado –le advirtió–. ¿O es que caminar a mi lado es tan traumático que prefieres romperte el cuello?

Sorprendida por la inesperada ternura de su tono, levantó la mirada y vio que el cielo se había oscurecido. El aire era viscoso y pesado. Se acercaba una tormenta.

—Son estos zapatos. La suela resbala –murmuró, sintiendo que le ardían las mejillas.

—No te preocupes, yo te sujeto –dijo él, con calma.

Cuando empezaron a caer las primeras gotas de lluvia corrieron hacia la casa y se detuvieron en la puerta.

—No ceo que necesite ese vaso de agua ahora –dijo Laszlo con voz ronca.

Prudence sabía que estaba ofreciéndole una vía de escape, pero ¿qué podía hacer? Sin decir nada, le echó los brazos al cuello para darle un desesperado beso en los labios.

Laszlo se apretó contra ella, abriendo la puerta con un hombro y cerrándola con el pie. Prudence capturó su cara entre las manos mientras él tiraba de su coleta para deshacerla y enredar los dedos en los sedosos mechones.

Gimiendo, lo sujetó por los faldones de la camisa y él se apoderó de sus labios en un beso largo, profundo. El deseo se convirtió en un torrente cuando ella se lo devolvió.

Notaba su aliento en el cuello mientras deslizaba las manos bajo su camisa. Su pulso estaba enloquecido y el aroma de Prudence, cálido, limpio y dulce, llenaba sus pulmones.

–Prudence –murmuró. Cuando levantó la mirada se le encogió el estómago. Veía una batalla en sus ojos, la misma que debía de haber en los suyos–. No temas, no voy a hacerte daño.

La tensión que había dentro de él era como una ola levantándose. Apenas podía respirar y tenía que hacer un esfuerzo para mantener la calma.

–¿Quieres esto? –preguntó con voz ronca–. ¿Me deseas?

Sus ojos se encontraron y ella asintió con la cabeza, abriéndose como una flor bajo el sol.

Laszlo dejó escapar el aliento y, mientras trazaba sus labios con la yema del pulgar, la oyó gemir. Era el sonido de la rendición y el deseo lo asaltó, incontenible.

–Quiero verte... entera –susurró.

En la oscuridad de la habitación sus ojos grises parecían enfebrecidos y sus labios temblaban.

Bajó una mano para desabrochar su pantalón y la miró con la boca seca mientras ella misma se desabrochaba la blusa con manos temblorosas, quedando desnuda salvo por un conjunto de ropa interior rosa.

El tiempo pareció detenerse mientras Laszlo esperaba con el corazón acelerado.

–Quítatelo –dijo por fin. Lentamente, la ayudó a quitarse el sujetador y lo dejó caer al suelo.

El aliento le quemaba la garganta mientras miraba sus pechos, pequeños y erguidos. Era tan preciosa... Sin poder evitarlo, alargó una mano para tocarlos, rozando los pezones con los pulgares hasta que la oyó gemir de placer.

Un segundo después la guiaba hacia el sofá, tirando de su camisa al mismo tiempo, deseando estar piel con piel. Se quitó la camisa sin dejar de mirarla a los ojos y se inclinó sobre ella para besar su cuello y la curva de sus pechos. Rozó con la lengua uno de los rosados pezones y, al notar que se endurecía, cerró los labios sobre la punta, chupando y tirando hasta que Prudence suspiró de gozo.

La sangre le rugía en los oídos, zumbando como una colmena de abejas. Cegado, bajó las manos para agarrar su trasero y levantarla hacia él. Deslizó las manos por sus caderas y entre sus muslos, pero notó que se quedaba inmóvil cuando rozó el húmedo satén de las bragas. Con cuidado, se las quitó y ella se agarró a sus brazos con fuerza mientras susurraba su nombre, tirando de la hebilla de su cinturón.

Laszlo dejó escapar un gemido cuando le bajó la cremallera del pantalón para liberarlo. Temblando, respirando a duras penas, abrió sus piernas y se colocó entre sus rodillas. Ella levantó las caderas para buscarlo y la penetró, dejando escapar un gruñido de placer.

Prudence lo agarraba con fuerza, temblando, apretándose contra él una y otra vez hasta que la oyó gritar. Laszlo exhaló un ardiente suspiro mientras se derramaba dentro de ella.

Agotado, se quedó inmóvil, sintiendo cómo ella lo apretaba con cada espasmo de su cuerpo. El sonido de la lluvia era atronador y lo agradecía porque ahogaba los frenéticos latidos de su corazón.

Hundió la cara en su cuello, intentando ordenar sus pensamientos. Había sido inevitable, se dijo a sí mismo. Desde ese momento en el granero, la tensión sexual que vibraba entre ellos había llegado a un punto sin retorno.

Cada vez que se encontraban era como un pequeño terremoto y aquel día, por fin, se habían dejado llevar. Era lo más natural.

Pero eso no hacía que estuviera bien, pensó, mirando a la mujer que tenía entre los brazos. Su negativa a dejarse llevar por la poderosa atracción que sentían el uno por el otro había sido frustrante, por no decir dolorosa, pero empezaba a preguntarse si dejarse llevar por el deseo solo había conducido a otro tipo de frustración.

Su respiración volvió poco a poco a la normalidad. Era fácil meterse en la cama con una mujer con la que no se tenía ningún compromiso. No había necesidad de conversación o gestos de afecto. Pero Prudence no era cualquier mujer. Era su esposa y nada en aquella relación iba a ser fácil.

Y él acababa de complicar aún más esa enredada relación. De hecho, ni siquiera sabía cómo describir lo que había entre ellos porque, aunque era su marido, también era su jefe. Y, desde aquel momento, su amante.

Deslizó un dedo por su brazo. Debía de haber perdido la cabeza el día que decidió dejar que se quedase allí. Y más aún al hacer el amor con ella. Pero ¿cómo iba a resistirse cuando la veía a todas horas? Riéndose con su abuelo o inclinándose para tomar un cuadro, con su trasero respingón levantado...

Era demasiado tarde para resistirse. La única pregunta era qué debía hacer a partir de ese momento.

Prudence lo miraba en silencio. Aún le daba vueltas la cabeza, pero no quería hablar porque si lo hacía se rompería el hechizo. Había sido tan maravilloso, pensó, sintiendo que le ardía la cara al recordar la intensidad del orgasmo. Pero hacer el amor con Laszlo siempre había sido increíblemente excitante y no le sorprendía que su cuerpo siguiera respondiendo como siempre lo había hecho.

No era sorprendente, pero tampoco sensato. Y ya no había forma de esconderse.

Había hecho el amor con Laszlo, un hombre que le había roto el corazón siete años antes, que le había hecho sentirse como si no valiese nada. Un hombre que había mentido durante toda su relación, pero que la hacía a ella responsable de la ruptura.

Ah, y por si eso no fuera suficiente, además era su jefe y, aparentemente, su marido.

Frunciendo el ceño, Laszlo la apretó contra su torso.

—¿Tienes frío?

Prudence intentó sonreír.

—No, estaba escuchando la tormenta. Creo que se está alejando.

Laszlo le levantó la cara con un dedo.

—No, está aquí mismo, en esta habitación. ¿Puedes sentirla?

Deslizó los dedos lánguidamente por su estómago hasta el triángulo de rizos de entre sus piernas. Prudence sabía que debería apartarse, decirle que parase, pero se le había acelerado el pulso y pronto sería incapaz de hablar, pensar o incluso notar algo más que sus caricias.

—Tenemos que vestirnos —susurró—. Para el almuerzo.

Laszlo deslizó la palma de la mano sobre sus pechos y tiró suavemente de un pezón hasta que vio que se mordía los labios.

—No puedo esperar tanto —murmuró, tomando su mano para empujarla hasta su entrepierna—. Estoy demasiado hambriento.

Sin darle oportunidad de replicar, la apretó contra su torso, ahogando con sus labios un gemido de emoción.

Aunque Prudence sabía que iba directa al desastre, se arqueó por voluntad propia hacia él, dejándose envolver por su calor.

Capítulo 6

PRUDENCE frunció el ceño cuando las primeras gotas de lluvia golpearon las ventanas del estudio. El señor De Zsadany, porque seguía pensando en él de ese modo, le había dado la tarde libre y pensaba ir al pueblo a dar un paseo, pero ese plan tendría que esperar. Aunque no importaba, tenía un montón de libros en la mesilla o podía ver alguna película en la televisión.

Se mordió los labios. Pero eso significaría volver a la casa. Le ardía la cara cada vez que recordaba la escena... Laszlo y ella, sus cuerpos unidos, fuera del tiempo y la realidad. Su felicidad había sido absoluta y, por primera vez en mucho tiempo, se había sentido salvajemente viva.

Pero estaba de vuelta en la realidad y tenía que enfrentarse a los hechos. Sencillamente, habían retomado lo que dejaron atrás siete años antes, pero entonces estaban enamorados. O ella lo había estado. Y para Laszlo al menos, ella había sido su mujer.

Irritada, tomó una pila de documentos y los guardó sin su habitual cuidado en una carpeta. No era nada más que una tonta, pensó, sacudiendo la cabeza. El castillo era un sitio muy romántico, pero la verdad era más prosaica. Acababa de acostarse con su jefe. Como una ingenua heroína en una historia escabrosa, se había dejado llevar por el destino, las coincidencias. Y la lujuria.

¿Qué le pasaba? Prácticamente lo había invitado a acostarse con ella. De repente, sintió una oleada de náuseas. ¿Cómo podía haberlo hecho sabiendo lo que sabía sobre él? Había jurado no volver a dejarse enredar por sus encantos, pero había caído en sus brazos con alarmante rapidez.

Enfadada, tomó un pisapapeles y lo colocó sobre una pila de certificados. ¿A quién intentaba engañar? Lo que había ocurrido entre Laszlo y ella había sido inevitable, pero también terriblemente desconcertante. Estar entre sus brazos le había parecido tan natural, tan familiar, como si siguieran juntos. Y después, cuando la llevó al castillo a almorzar, también eso le había parecido que significaba algo.

Entonces frunció el ceño. No, no era verdad. Lo que habían compartido solo era sexo. Y después de siete años de citas ocasionales y virtual celibato, lo que había sentido era sencillamente soledad y deseo. Pero le resultaba imposible verlo porque la intimidad con Laszlo borraba cualquier pensamiento racional.

En fin, era demasiado tarde para lamentarse y lo único que podía hacer era mantener las distancias. No sería tan difícil porque después de darle lo que quería, Laszlo sencillamente había desaparecido, alejándose como una golondrina al final del verano.

Tomó la caja de archivos y miró alrededor, suspirando. ¿No sería maravilloso si pudiera hacer que su anhelo desapareciera tan fácilmente?

Una hora después, con el pelo recién lavado y un cómodo vestido, paseaba por el jardín que había detrás de la casita. El aire fresco y el sol hacían que se sintiera más tranquila. Había dejado de llover, el cielo estaba despejado y una ligera brisa acariciaba sus piernas desnudas.

Dejó escapar un suspiro de placer al ver un cerezo y, después de tomar un puñado de oscuras frutas, probó una... era deliciosa, tan dulce.

Y fue entonces cuando lo vio, caminando lentamente hacia ella.

Prudence se quedó inmóvil, siguiendo sus movimientos con la mirada hasta que se detuvo. Se le aceleró el pulso cuando sus ojos se encontraron con los ojos dorados de él.

—Estaba buscándote —dijo Laszlo.

Prudence lo miró en silencio.

—Es mi tarde libre —dijo por fin—. ¿No puedes esperar hasta mañana? Entonces estaré de vuelta en el trabajo.

—No se trata de trabajo.

—Entonces, no tenemos nada que hablar.

Él se rio suavemente.

—A ver si lo adivino: ¿estás enfadada conmigo por haber desaparecido? Lo siento mucho —levantó las manos en un gesto de rendición—. Tenía cosas que hacer, pero, si te sirve de consuelo, he estado pensando mucho en lo que pasó.

—¿Ha pasado algo? —preguntó ella, intentando mostrarse despreocupada—. No lo he notado. Como no había notado que hubieras desaparecido.

Se le encogió el corazón cuando Laszlo dio un paso adelante. Sería tan fácil dejar que la tomase entre sus brazos... pero en lugar de eso apretó los puños.

—He dicho que lo siento. ¿Qué más puedo decir?

—¿Qué menos puedes decir? Ni siquiera te despediste, pero no te preocupes, ya lo hago yo: adiós.

Se dio la vuelta, pero Laszlo la tomó del brazo.

—Suéltame —Prudence intentó soltarse, pero él la agarró con fuerza.

—Lo siento, ¿te parece bien?

—No, no me parece bien. Nos hemos saltado las reglas.

—Me doy cuenta, pero no entiendo por qué estás enfadada. Los dos somos adultos.

Apretando los dientes, Prudence se soltó de un tirón.

–No es tan sencillo.

–Sí lo es. Sencillo y sublime.

Ella contuvo el aliento, sabiendo lo sublime que había sido. Como lo había sido siempre.

–No es tan sencillo y tú lo sabes tan bien como yo. Es un desastre

Laszlo la estudió con expresión seria. No había querido discutir con ella; al contrario, estaba deseando volver a verla a pesar de que tenía razón, aquello era un desastre.

Sin embargo, sonrió para sus adentros. Después de hacer el amor había intentado racionalizar su comportamiento. Era natural que un hombre se sintiese atraído por una mujer, ¿y qué hombre no se sentiría atraído por Prudence? Una mujer bella, inteligente, elegante.

Pero entonces había empezado a pensar en su matrimonio y en que estaba mintiendo a su abuelo y, de repente, quería librarse de esa maraña de pensamientos. Por eso se había alejado sin decir nada, dispuesto a no acercarse a ella hasta que hubiese terminado el maldito inventario. Pero dos noches más tarde había cambiado de opinión y volvió al castillo por una inexplicable necesidad de verla sonreír.

Prudence, sin embargo, no estaba sonriendo y entendió que su repentina desaparición le había dolido y enfadado. Demonios, ¿por qué no aceptaba su disculpa y se olvidaba del asunto?

–¿Qué quieres que diga? Pensé que habías disfrutado tanto como yo.

Ella lo miraba como si hablase en chino.

–No se trata de si disfruté o no.

–Entonces es que no te conoces lo suficiente, Prudence. Te acostaste conmigo por la misma razón que yo lo hice contigo, porque lo que hay entre nosotros es increíble. Físicamente, estamos hechos el uno para el otro.

Ella se puso colorada.

–Muy bien, tienes razón –admitió por fin–. Pero eso no cambia que ahora todo es mucho más difícil. Hasta tú tienes que admitirlo. No puedo creer que te fueras sin decir una palabra, que no pensaras que al menos debíamos hablar de lo que había pasado.

Laszlo se encogió de hombros, mirando al horizonte.

–¿Y de qué íbamos a hablar?

–¡De todo! –gritó ella–. De ti, de mí, de nosotros, de mi trabajo, de nuestro matrimonio. ¿Por dónde quieres empezar?

Cuando Laszlo la miró, sus ojos dorados reflejaban los últimos rayos del sol.

–Por el principio –respondió con una irritante sonrisa–. De que eres mi mujer.

Prudence dejó escapar un largo suspiro.

–Pero yo no me siento tu mujer. Ese matrimonio sigue sin parecerme real, pero, aunque así fuera, han pasado siete años. Rompimos, ¿te acuerdas? Sé que hay parejas separadas que vuelven a tener relaciones sexuales y es comprensible. Quiero decir, todo es tan familiar, tan cómodo y fácil.

De repente hizo una pausa, porque ninguno de esos adjetivos tenía que ver con su intimidad con Laszlo.

–Pero son cosas de una noche. No tienen que vivir juntos o trabajar juntos después. Todo es tan desconcertante, y tú te quedas ahí sin hacer nada, como si todo fuera a encajar en su sitio...

–¿Y qué haces tú, *pireni*? –la interrumpió él–. No sé qué crees que estás consiguiendo. Solo me haces preguntas que no tienen respuesta. Lo que ha ocurrido entre nosotros no es el problema, Prudence. Tú lo eres. Que lo conviertas todo en un interrogatorio... demonios, hace siete años convertiste nuestra relación en una inquisición.

Prudence se atragantó, incrédula.

—¿Inquisición? ¿Te has parado a pensar por qué hacía todas esas preguntas? No, claro que no. Nuestra relación no tenía nada que ver conmigo, ¿verdad? Solo se trataba de ti, de tus necesidades —la tristeza la envolvía y apretó los puños para contener el dolor—. Te hacía preguntas porque quería respuestas. Quería conocerte, entenderte, pero tú me hacías sentir como una intrusa en tu vida. Cuando estabas allí nunca querías hablar y luego desaparecías durante días, sin decirme dónde ibas. Y esperabas que lo soportase sin decir nada.

Laszlo sacudió la cabeza en un gesto de frustración.

—No, otra vez esto no, por favor. Tú sabías que no tenía un trabajo de oficina, sabías que a veces tenía que irme durante días, pero que volvería...

—No, no lo sabía —lo interrumpió ella—. Yo no sabía eso, Laszlo.

Apretó los labios al ver su gesto de irritación. Pero tenía razones para sentirse así. A los veintiún años se había sentido insegura de su amor y sabía que le aburría hablar, de modo que no se molestó en contarle la historia de su vida.

—No lo sabía —repitió en voz baja, con el viejo dolor quemándola por dentro.

—¿Qué quieres decir?

—Sé que puede parecer una locura, pero cada vez que desaparecías pensaba que no volverías nunca y... no podía soportarlo.

Laszlo no dijo nada y eso le dolió. Pero ¿de verdad había pensado que la entendería siete años después solo porque habían vuelto a acostarse juntos?

—¿Cómo te sentías? —su tono era tan suave que la sorprendió y levantó la mirada, pensando que otra persona había formulado la pregunta—. ¿Te sentiste así desde el principio?

Ella asintió con la cabeza, incapaz de articular palabra.

—Pero, entonces, ¿por qué te quedaste conmigo?

Prudence suspiró. Allí, en esa frase, estaba el final de su relación. Porque Laszlo debería conocer la respuesta. Una sola mirada había sido suficiente para que su tío Edmund supiera la verdad.

Se había quedado porque estaba desesperadamente enamorada de él.

Esas cortas semanas con él habían sido las más increíbles, las más excitantes de su vida. Excitantes, pero aterradoras, porque Laszlo le había mostrado una parte de sí misma que ella negaba y temía a la vez; una parte de ella misma que había pasado la mayor parte de su vida intentando repudiar.

Y después de todo lo que había pasado temía estar delatándose. O peor aún, destruyendo el recuerdo de ese tiempo en que lo había amado y creía que él la amaba. Quizá ya no amara a Laszlo, pero una parte de ella seguía queriendo proteger y preservar esos recuerdos.

—No lo sé, tal vez me volví loca.

—Tú nunca has estado loca. Ansiosa e insistente, sí. Y dulce, y sexy —su mirada se clavó en su boca—. Pero loca no —Laszlo hizo una pausa, sus ojos eran fríos e inexpresivos—. Pero no entiendo por qué creías que no volvería. Bueno, claro, no se podía confiar en mí...

Prudence intentó sonreír, pero al notar que sus ojos se llenaban de lágrimas sacudió la cabeza.

—No, es verdad.

Laszlo la miraba con una mezcla de rabia y sorpresa.

—¿Estás diciendo que fue culpa mía? ¿Yo te hacía sentir así?

Ella no respondió porque no podía hacerlo con Laszlo tan cerca. Él no entendería sus miedos, sus inseguridades. Estaba tan seguro de sí mismo, tan absolutamente convencido de que había hecho lo correcto...

–Por favor, dímelo. Quiero saberlo –murmuró Laszlo, tocando su mano–. Puede que eso nos ayude.

–No eras tú –Prudence intentó sonreír–. Aunque no me ayudaste nada. Era yo. Estaba esperando que ocurriese... esperando que me dejases, que no volvieras como me ha pasado siempre.

Tuvo que hacer un esfuerzo para contener las lágrimas, recordando la espera, el miedo, esperando y rezando para que aquella vez fuese diferente...

–¿Te refieres a otros hombres? –preguntó Laszlo con el ceño fruncido.

Prudence se rio.

–¿Qué otros hombres? No ha habido ninguno, ni después de ti ni antes de ti. No, me refiero a mi madre... en fin, es una larga historia y no creo que te interese.

–Claro que me interesa. Háblame de ella.

Sus ojos dorados estaban clavados en ella, sin pasión, pero cálidos como el sol.

–Mi madre conoció a mi padre cuando tenía diecinueve años. Se casaron y nací yo, pero la relación fue desastrosa desde el principio. Mi padre desaparecía y volvía de vez en cuando y mi madre estaba tan frenética que a veces salía a buscarlo... o a alguien que la hiciese olvidarlo. Me dejaba sola durante horas, a veces durante toda la noche. Y yo odiaba estar sola en la casa, a oscuras –tuvo que tragar saliva–. Intentaba retenerla, retrasarla haciéndole preguntas, pero no servía de nada. Entonces, un día, mi padre no volvió más. Sencillamente, vació la cuenta corriente y desapareció. Al parecer, estaba casado con otra mujer, con dos mujeres más. Así que, en realidad, mi madre y él no estaban legalmente casados.

–¿Y pensaste que yo te haría eso? –quiso saber Laszlo.

–Supongo que en el fondo así era. Siempre me imaginaba lo peor.

Y por eso se había ido. Porque tenía miedo. Miedo de que lo peor ya hubiera ocurrido y de que, si se quedaba, su vida sería la misma vida que la de su madre. Que repetiría el mismo esquema de peleas, ruegos, desapariciones y mentiras.

Se quedaron así, mirándose el uno al otro, el silencio solo era roto por el canto de los pájaros y el ruido de un tractor a lo lejos.

—No te di muchas razones para esperar lo mejor, ¿verdad? —murmuró Laszlo.

La miraba a los ojos, viendo lo que no había visto antes: una chica joven que buscaba seguridad. Ni una sola vez se había parado a preguntarse por qué se mostraba tan ansiosa, tan asustada. En lugar de eso, se había convencido a sí mismo de que su necesidad de tenerlo cerca constantemente demostraba falta de carácter.

Suspirando, alargó una mano para acariciarle el pelo.

—Eras mi mujer. Yo debería haber sabido esas cosas sobre ti y que no lo supiera es culpa mía. Pero yo no soy tu padre, Prudence. Y tú no eres tu madre. Por lo que acabas de contarme, no parece la clase de mujer cabezota y obstinada que saltaría un muro para exigir que le devolviesen su trabajo.

Estaba sonriendo, sus ojos brillaban con una emoción que Prudence no era capaz de reconocer.

—No era cabezota hasta que te conocí.

Viendo que el color había vuelto a sus mejillas, Laszlo empezó a admirarla. Era más valiente de lo que había pensado. Más que él, porque él sabía lo difícil que era revelar la verdad sobre uno mismo a los demás.

—Entonces, ¿qué vamos a hacer? Dices que has pensado mucho en nosotros —musitó Prudence.

Estaban de vuelta al principio y Laszlo frunció el ceño.

—No en nosotros, en el sexo.

Prudence dejó caer los hombros, de repente más cansada que nunca en toda su vida.

—Claro, ¿cómo no? Mira, Laszlo, lo que pasó en la casa no va a volver a pasar. No quiero acostarme contigo...

—Sí quieres —la interrumpió él, con una voz cortante como un escalpelo—. Me deseas tanto como yo a ti, estés en Londres o en Hungría, casada conmigo o no. Dijiste que querías el divorcio para rehacer tu vida, pero ni siquiera sabías que estuviéramos casados. Lo que impide que puedas rehacer tu vida no son las promesas que hicimos, sino esto que hay entre nosotros, este deseo imparable. Me divorciaré de ti si eso es lo que quieres, pero tienes que aceptar que ningún documento, o lo que esperes conseguir, va a cambiar eso.

Prudence frunció los labios. Lo que estaba diciendo tenía sentido. No saber que estaban casados no había evitado que su recuerdo empañase sus relaciones con otros hombres. Las caricias de otros, sus besos, siempre le habían parecido insípidos, una copia inferior a la fiera y primitiva pasión que había compartido con Laszlo. Pero ¿cómo iba a rehacer su vida si no podía controlar el deseo que sentía por él?

—¿Estás diciendo que tú también quieres el divorcio?

Los ojos dorados se oscurecieron.

—El divorcio es irrelevante. Tienes que enfrentarte a la verdad, que seguimos deseándonos y que ese deseo impide que vivamos libremente.

—Entonces, ¿qué sugieres?

—Creo que deberíamos acostarnos juntos —respondió Laszlo—. Los dos queremos hacerlo y tal vez eso sea lo que necesitamos para olvidarnos el uno al otro de una maldita vez.

Prudence lo miró, atónita. No solo por sus palabras, sino por la inmediata respuesta de su cuerpo.

Pero el riesgo no merecía la pena.

–¿La solución a este desastre es complicar nuestras vidas aún más? Lo que pasó en la casa es comprensible...

–Increíble –la corrigió él.

Ignorando el comentario, y el traidor calor que subía por su cara, Prudence hizo un esfuerzo para concentrarse.

–Comprensible –repitió con firmeza–. Pero fue algo espontáneo, algo que solo ocurre una vez. Lo que tú sugieres sería deliberado y repetido. No, no podemos hacer eso.

–No es nada que no hayamos hecho antes.

–Yo no he hecho esto antes. Tener una aventura con mi exmarido, o lo que sea, a quien ni siquiera le gusto y que, además, resulta que es mi jefe, sería un grave error.

Laszlo sacudió la cabeza, con los ojos brillantes.

–Lo que hay entre nosotros nunca podría ser un error, Prudence –dijo en voz baja–. Estoy de acuerdo en que sería un convenio poco convencional, pero lo que hay entre nosotros es tan extraordinario, tan abrumador... No sé si podría funcionar, pero cuando te tengo entre mis brazos es como si lo supiéramos todo el uno del otro, como una comunión perfecta.

Prudence sabía que debería decir que no, pero el efecto de sus palabras era tan poderoso... No podía resistirse como no podía resistirse a la fuerza de la marea o el influjo de la luna.

Laszlo vio con sorpresa que le temblaban las manos y se preguntó por qué. Era la frustración, se dijo. Dos días pensando en el fabuloso cuerpo de Prudence y estaba a punto de derretirse. Sobre todo con ella tan cerca, tan deseable.

Tan bella.

Sus ojos brillaban como plata bruñida y podía respirar la dulce fragancia que emanaban su piel y su pelo. Pero, en realidad, no era solo su belleza, y tampoco el sexo. Su entusiasmo por el arte, la obstinación por recuperar su trabajo, la dulzura con la que trataba a su abuelo... todo eso lo encantaba. Lo enamoraba.

—No es solo algo físico –dijo por fin–. Me gusta estar contigo.

Prudence tragó saliva, mirándolo con gesto de reproche.

—Solo cuando te interesa.

Al ver el brillo de indecisión de sus ojos, Laszlo estuvo a punto de simplificarlo todo tomándola entre sus brazos para derretir sus defensas con el calor de sus besos, pero algo lo contenía, una confusa intuición de que aquel no era el momento.

Además, tenía en mente algo mucho mejor.

Capítulo 7

VEN conmigo. Quiero enseñarte una cosa.

Laszlo le ofreció su mano y Prudence la tomó después de pensarlo un momento. Salieron del castillo y caminaron juntos por el jardín hasta un grupo de árboles de ramas bajas donde él le soltó la mano.

–¿Qué hacemos aquí?

–Hemos quedado aquí con él –respondió Laszlo.

–¿Con quién? ¿Dónde? Estamos en medio del campo.

–Hemos quedado con mi primo. Y no es el campo, es un huerto de manzanas. Mi huerto de manzanas –respondió, tomando su mano de nuevo–. Hace mucho tiempo se hacía sidra en la finca.

–¿Tu primo? –murmuró Prudence–. Pero él sabe que estamos casados.

–Tranquila. Tengo como treinta primos, este es otro –Laszlo colocó suavemente un mechón de pelo detrás de su oreja–. Es mi primo Mihaly y no sabe que estamos casados. Solo mi tío abuelo y mi primo Matyas lo saben y no están aquí. Aunque tampoco dirían nada –apretando su mano, miró hacia el horizonte–. Ah, ahí está –levantó un brazo para saludar a un hombre que se acercaba a caballo–. Hola, primo, ¿cómo estás?

Los dos hombres se abrazaron.

–Estupendamente.

Prudence dejó escapar un gemido. No por el hombre moreno que montaba a pelo un caballo blanco, sino por la carreta de la que tiraba el animal.

—Es preciosa —susurró—. ¿Es una carreta antigua?

Él asintió con la cabeza.

—Mihaly, te presento a Prudence, que trabaja para mi abuelo. Prudence, mi primo Mihaly. Es como un hermano para mí, pero no dejes que te cante.

El hombre sonrió.

—Y tú no dejes que él toque la guitarra. Aún tengo problemas en un oído —bromeó—. Bueno, primo, ¿dónde quieres que ponga esto? Tengo que volver cuanto antes —se volvió hacia Prudence, sonriendo—. Mi mujer está a punto de tener nuestro quinto hijo, así que debo irme.

Tras varias maniobras, Laszlo y Mihaly por fin consiguieron colocar la carreta entre los árboles y la casa. Después de soltarla del arnés, el hombre se despidió alegremente y Prudence esbozó una sonrisa.

—Cuando era niña tenía un libro de cuentos con un dibujo de una carreta así.

—Mira en el interior —dijo Laszlo—. Hay una cama, una cómoda y una cocina.

Prudence subió los escalones de madera. El interior era perfecto, con intrincados dibujos de flores y castillos en las paredes de madera y almohadones de colores por todas partes.

—Es una maravilla.

—¿De verdad te gusta o solo estás siendo amable?

—No, claro que no. Me encanta, es preciosa. De hecho, tienes mucha suerte. Un castillo y una carreta, eso es demasiado.

Laszlo sonrió, pero de repente su expresión se volvió seria.

—En realidad, no es mía. La he estado guardando para una persona.

Prudence contuvo el aliento.

—¿Para quién? —susurró, pero antes de que él pudiese responder, ya sabía la respuesta—. ¿Es mía?

Él asintió, observando su expresión de sorpresa y confusión convertirse en una de felicidad.

—Iba a ser mi regalo de boda.

No había pensado decirle que la carreta era suya; sencillamente quería enseñársela porque sabía que eso la ablandaría. Una mujer tendría que carecer de corazón para no dejarse llevar por el romanticismo de una auténtica carreta gitana.

Prudence se volvió con una sonrisa que él le devolvió, pero solo era un gesto porque ver su sincera alegría lo hacía sentirse taimado y manipulador. Sorprendido, se dio cuenta de que de verdad quería hacerla feliz.

—Es más una curiosidad que otra cosa. No hubiéramos vivido aquí, claro.

—¿Por qué no? Es preciosa, romántica, y tiene todo lo necesario.

—Todo salvo una ducha y agua corriente —Laszlo sonrió—. No hay nada romántico en no poder ducharse.

—¿Por qué la tenía Mihaly?

—Mi tío y él restauran carretas y la habían guardado para mí. Por eso me fui el otro día. Mi intención era traerla, pero no pude porque una de las ruedas estaba rota y Mihaly dijo que la traería hoy —sus ojos dorados brillaban como el sol—. Quería que la vieras antes de irte.

Prudence sintió que se le encogía el estómago. Claro que se iría. Su contrato no era permanente y Laszlo había aceptado divorciarse de ella. ¿Por qué entonces se le había helado el corazón?

—¿De verdad es mía? ¿Puedo dormir aquí?

Él la miró con sus ojos imposiblemente dorados y transparentes como la miel y Prudence vaciló, tímida de repente.

—Quiero decir, contigo.

Sus ojos se encontraron y Laszlo dio un paso hacia ella para levantarle la cara con un dedo.

–¿Dormir en tu carreta? ¿Estás segura? No sé, suena complicado.

Prudence le ofreció su mano.

–Entonces, creo que deberíamos simplificar las cosas –murmuró–. Hagamos lo único que hacemos bien.

Y, entonces, entrelazando sus dedos con los de él, lo llevó hacia la cama.

Prudence se despertó con el canto de los pájaros. La carreta estaba iluminada por la luz del sol y, por un momento, se quedó tumbada, medio adormilada, disfrutando del dulce escozor entre las piernas. Luego se puso de costado y tocó el espacio vacío a su lado. Las sábanas seguían calientes y, cerrando los ojos, respiró el aroma limpio y masculino de Laszlo.

En los últimos días pasaban allí todo el tiempo posible y había perdido la cuenta de las veces que habían hecho el amor. Al principio, a pesar de la falta de sueño, no quería que amaneciese por miedo a que la luz del sol rompiese el hechizo, pero al despertar cada mañana todo encajaba en su sitio de forma natural.

La mayoría de los días, Laszlo se despertaba antes que ella, a menudo antes de amanecer. A veces la despertaba para desayunar, otras la abrazaba en la oscuridad, apretándose contra ella.

Recordaba cómo buscaba su boca, suave, pero exigente, y las caricias que le despertaban un cosquilleo familiar que le hacía apretar las piernas. El sexo era maravilloso y su deseo por ella embriagador, tan rápido, tan urgente, como polen explotando de una flor. La hacía sentirse viva, nueva. Perdida en él se volvía apasionada, valiente y lasciva.

Pero pronto todo terminaría. Volvería a Inglaterra y a su vida sin pasión, una vida sin él. Prudence saltó de la cama y se irguió, con un nudo en el estómago. Había pasado una semana viviendo el momento y, sobre todo, sin pensar en el futuro. Al principio era fácil aceptarlo e ignorar que la intimidad física podía hacerle todo tipo de jugarretas.

Pero solo podía culparse a sí misma, porque Laszlo no le había ofrecido nada más que sexo. De hecho, no podía haber dejado más claro que su aventura era solo un medio para llegar a un fin, una forma de dar por terminada su relación.

Pero estar con Laszlo no parecía reducir su ansia por él, al contrario; tantas horas en su compañía le recordaban por qué se había enamorado de él siete años antes.

—Normalmente, no me gusta hablar de trabajo mientras como... —Janos hizo una pausa, mirándola con gesto de disculpa—. Pero me gustaría saber cómo va el inventario.

Prudence frunció el ceño mientras dejaba el tenedor sobre el plato. Era una pregunta perfectamente razonable, pero se preocupó al ver que el anciano parecía fatigado.

—Aún es pronto para saberlo, pero estamos haciendo progresos.

Laszlo frunció el ceño.

—Estás un poco pálido, *papi*. ¿Te encuentras bien?

Janos asintió con la cabeza.

—Estoy bien, es que soy un viejo tonto.

—¿Qué ocurre? ¿Hay algo del inventario que te preocupe?

El anciano negó con la cabeza.

—No es nada. Es solo que parece que estamos tardando más de lo que yo esperaba.

Prudence sintió que se le encogía el corazón. En lo

único que había pensado durante la última semana era en Laszlo. Todo lo demás, Edmund, Inglaterra y hasta el inventario, había pasado a ser algo secundario.

–Por favor, Janos, no te preocupes –se apresuró a decir–. Debería haberte advertido que la parte del peritaje es muy lenta. Siempre hay problemas con la documentación de las obras de arte.

–Particularmente cuando el propietario de la colección es un viejo tonto que no recuerda qué compró o cuándo y dónde –dijo Janos.

–No, en absoluto. Te sorprendería saber cuánta gente tiene obras de arte de gran valor y, sin embargo, no poseen ninguna documentación.

–Necesitan que Prudence acuda al rescate –dijo Janos, recuperando la sonrisa.

Laszlo se echó hacia atrás en la silla, con el rostro impasible.

–Pero no pueden tenerla. ¡Es nuestra!

Sus ojos brillaban con tal intensidad que Prudence perdió el hilo de la conversación y se aclaró la garganta.

–Siento mucho que te hayas preocupado. Sé que todo esto puede ser muy frustrante... tal vez deberías hablar con Edmund.

–Desde luego, querida. Si crees que no le importará darme una opinión.

–Por supuesto que no. Conociendo a Edmund, estará encantado. No siempre me gusta lo que dice mi tío, pero debo reconocer que casi siempre tiene razón.

Laszlo la miró sintiendo una oleada de náuseas. ¡Edmund Seymour era su tío! No había hecho la conexión hasta ese momento.

–¿Ah, sí? Tu *tío* es un hombre de muchos talentos.

Prudence frunció el ceño al ver su expresión. Porque, aunque su rostro parecía sereno, en sus ojos había un brillo de ira.

–Qué bien para todos –añadió.

Fue como si la marea se hubiese apartado de repente, dejando ver las afiladas rocas bajo el tranquilo mar.

Laszlo apretó los dientes. Que sugiriese que Seymour diera su opinión era intolerable.

–No te preocupes, *papi*, yo solucionaré este asunto –dijo, volviéndose hacia su abuelo–. Quiero que te tomes el resto del día libre. ¿Por qué no vas a leer una de esas interminables novelas rusas que tanto te gustan?

–Pero yo...

–Insisto, abuelo, Prudence y yo nos encargaremos de todo –Laszlo se dirigió a la puerta, pero se volvió para clavar en Prudence una mirada helada–. No llames a tu tío todavía, antes tengo que decirte algo. Espera aquí.

Ella apartó su plato, sorprendida. ¿Por qué se había enfadado? Era absurdo. Parte de su trabajo consistía en tranquilizar a sus clientes, y eso era lo que había hecho. Pero no era parte de su trabajo intentar entender los cambios de humor de Laszlo.

Quince minutos después, se levantó de la silla abruptamente. Qué típico de Laszlo decirle que esperase y luego olvidarse de ella. Pues lo lamentaba, pero tenía que llamar a Edmund. Después de todo, ¿qué objeción podía poner a que hablase con su tío, el propietario de la casa de subastas?

Laszlo apareció a su lado cuando estaba llegando a la casa.

–¿Dónde demonios crees que vas? Te he dicho que esperases.

Su tono, sombrío y cargado de furia, la dejó inmóvil.

–He esperado, pero no has vuelto al comedor y tengo mucho trabajo que hacer. Así que... si no te importa...

–Pero sí me importa. Tenemos que hablar.

–Lo siento, pero estoy ocupada. Tal vez podríamos hablar más tarde.

Caminó a toda prisa para abrir la puerta, pero, antes de que pudiera cerrar, Laszlo se había colado hasta el salón.

—¿Qué haces? —lo miró, furiosa—. No puedes entrar aquí así...

—No vuelvas a darme la espalda. Te he dicho que esperases.

Ella levantó la barbilla, furiosa. Su tono empezaba a sacarla de quicio.

—Y lo he hecho, pero si crees que no tengo nada mejor que hacer que esperarte...

—Mi abuelo estaba disgustado e intentaba tranquilizarlo, pero tal vez a ti eso no te importa.

—Eso no es verdad y tú lo sabes. Quiero ayudar, por eso le he dicho que hablase con mi tío.

—No, no es verdad.

—¿Qué quieres decir?

—Que no hablarás con él si quieres conservar tu trabajo.

Prudence dio un paso atrás, la injusticia y el tono autoritario de Laszlo la dejaron helada. Se había vuelto loco, esa era la única explicación.

—¿Cuál es el problema? Si Edmund no hubiese estado enfermo habría venido él y no yo. ¿Por qué no puedo hablar con mi tío por teléfono?

Laszlo ardía de rabia. Su comportamiento debía de parecerle irracional, aunque no lo era. Pero no podía explicárselo porque seguía furioso al saber que Edmund Seymour era el hombre que había arruinado su vida.

Tenía un nudo en la garganta y tuvo que hacer un esfuerzo para respirar con calma.

—Hemos hecho un trato. Te dije que si no podías trabajar a mis órdenes tendrías que irte.

—¡Ese trato no incluía tener que ir de puntillas cuando tienes una pataleta! —exclamó Prudence—. Esto no tiene nada que ver con el trato y tú lo sabes. Estás enfadado porque no estaba ahí donde tú esperabas que estuviera. ¡Pues bien, ahora sabes lo que sentía yo!

Suspiró después, angustiada. ¿Qué estaban haciendo, peleándose por una llamada de teléfono?

—No me fui para enfadarte, Laszlo. Es que tengo mucho trabajo.

¿De verdad habían esperado que la rabia y el resentimiento del pasado se disiparan por arte de magia, solo porque habían vuelto a acostarse juntos? Si era así, estaban muy equivocados. La frágil tregua había durado poco más de una semana y, tristemente, había sido una ilusión, como todos los aspectos de su relación.

—Pero mi consejo sigue siendo que tu abuelo debe hablar con Edmund.

—Supongo que tú sabes mejor que yo lo que es bueno para mi abuelo.

—En este caso, desde luego. Está preocupado por el inventario y Edmund puede tranquilizarlo. A veces se necesita un punto de vista diferente para resolver los problemas y mi tío es el experto —respondió Prudence. Pero al ver el brillo de desprecio de sus ojos sintió una oleada de rabia—. ¿Sabes cuál es tu problema, Laszlo? Que estás tan seguro de tener razón que no te interesa la opinión de los demás.

—No es verdad. Tengo en cuenta las opiniones de los demás, sobre todo la de tu tío.

Allí estaba, lo había dicho. Era como si se hubiera quitado un jersey que le picase.

—Pero si tú nunca has hablado con mi tío. Edmund habló con tu abuelo.

Laszlo sonrió y Prudence sintió que se quedaba sin aliento.

—No hablo del inventario.

—No entiendo.

—Entonces, deja que te lo explique. Hace siete años fui a tu casa.

Laszlo sintió una punzada de satisfacción al ver el brillo de sorpresa de sus ojos.

—¿Por qué?

—Quería hablar contigo.

—No te creo —dijo Prudence, sin apenas voz.

—Eso no hace que no sea verdad.

—Estás mintiendo.

Pero sabía que no era así y, de repente, no podía respirar.

—Pero te habías ido de compras... ¡de compras! —exclamó Laszlo—. ¿Qué crees que sentí al saber que, mientras yo estaba en una sucia comisaría, mi mujer se había ido de compras? Ah, bueno, pero tú no pensabas que estuviéramos casados, ¿verdad?

Prudence apretó los puños. Había decidido no mencionar nunca su detención, pero el desdén que había en su tono la enfureció.

—¿Y qué debería estar haciendo? Lo nuestro había terminado, tus actividades delictivas no eran asunto mío.

—Me llevaron para interrogarme por un asunto con el que yo no tenía nada que ver y luego me dejaron ir sin presentar cargos —dijo Laszlo—. Pero tú no lo sabías porque te habías ido de compras.

Prudence sacudió la cabeza. No iba a permitir que se hiciera el ofendido cuando lo único que había hecho era mentir.

—Habíamos roto...

—No habíamos roto, habíamos tenido una pelea. ¿Crees que iba a dejar que tirases nuestro matrimonio por la borda así como así?

—El último día te pregunté si estabas dispuesto a luchar por nuestra relación... —se le quebró la voz— ¿y sabes cuál fue tu respuesta? Dijiste que cualquier esfuerzo sería demasiado.

—¡Estaba furioso contigo! Acababa de llegar, estaba cansado, quería darme una ducha...

—¿Eso significaba que ibas a esforzarte por arreglar la relación?

—No, pero como tú no dejabas de recordarme, tenía que ir a la comisaría —Laszlo hizo una mueca—. No podía marcharme. Tú, por otro lado, eras libre. Fui a buscarte en cuanto me dejaron salir, tú no fuiste a verme para preguntar cómo estaba —hizo una pausa, mirándola con exasperación—. Sé que tú no creías que nuestro matrimonio fuese real y sí, habíamos roto, pero ¿no te sentías atada a mí de ninguna manera?

La amargura que había en su tono fue como una bofetada.

—Nunca pude entender qué había cambiado. Parecías diferente ese día.

Prudence intentaba mantener una expresión ecuánime, pero podía sentir el pánico creciendo dentro de ella.

—Pero entonces conocí a tu tío y lo entendí todo —siguió Laszlo—. No me gustó nada lo que dijo. De hecho, me disgustó mucho, pero no me sorprendió —miró a Prudence con los ojos brillantes de furia—. Pero, claro, ¿cómo no? Ya lo había oído antes, ¿no?

—No te entiendo.

—Yo creo que sí. A veces se necesita otro punto de vista para resolver los problemas, ¿verdad?

Prudence palideció al reconocer sus propias palabras.

—Pero...

—Ha sido muy raro escuchar sus palabras saliendo de tus labios. Pero eso fue lo que pasó, ¿no?

—No, no...

–Fue exactamente así, Prudence. ¿O me estás diciendo que él te aconsejó que apoyases a tu hombre? –al ver que apartaba la mirada se sintió enfermo–. No, ya me lo imaginaba. Deberías haber esperado para escuchar lo que yo tenía que decir, pero no lo hiciste. Decidiste escuchar a otra persona que no me conocía de nada y que me despreciaba sin conocerme –Laszlo se inclinó hacia delante–. ¿Sabes que me llamó mentiroso y charlatán? Me dijo que lo sabía todo sobre la gente como yo.

Prudence sintió que le ardía la cara y sacudió la cabeza desesperadamente.

–No se refería a que fueras gitano –murmuró.

Laszlo soltó una amarga carcajada.

–Por favor, ¿crees que soy tonto?

–No, pero sé que no se refería a eso. Mi tío estaba preocupado por mí, por dónde iba a terminar lo nuestro. Creo que pensó que me estaba convirtiendo en mi madre –tuvo que apartar la mirada, luchando para evitar las lágrimas–. Llevabas días fuera, Laszlo. No sabía qué pensar. Un día Edmund fue a casa y me encontró llorando. Creo que se asustó porque yo no le había contado, ni a él ni a mi tía Daisy, mucho sobre nosotros. Solo que salía con un chico al que había conocido en una feria.

–Ya, claro.

–Hablé con Edmund y él me aconsejó, pero no me hizo cambiar de opinión. Cuando fui a buscarte después de hablar con él seguía queriendo que lo nuestro funcionase. Hubiera hecho cualquier cosa, pero tú ni siquiera intentaste consolarme.

Laszlo frunció el ceño. Era cierto, no había intentado consolarla. Y veía en ese momento que los matrimonios bígamos de su padre habían afectado no solo a Prudence, sino a la opinión de su tío. Edmund y Daisy habían cuidado de ella, le habían dado un hogar, prácticamente eran como sus padres.

De repente, tuvo que tragar saliva. ¿Qué debió de sentir Edmund al ver a la niña a la que había criado como una hija llorando histéricamente por un hombre? Un hombre que se parecía a su pérfido padre.

–Edmund me aconsejó, pero también me dijo que la decisión era mía –Prudence se mordió los labios–. Y lo hice. A ti parecía darte igual, por eso me marché –tenía un nudo en el estómago, como si la tristeza fuese algo vivo dentro de ella–. Edmund no hizo nada malo. Lo único que Daisy y él han hecho siempre es protegerme. Puedes pensar lo que quieras, pero la verdad es que nuestra relación se rompió no porque otra gente diera su opinión, sino porque la suma de lo que ocultábamos era mayor que la suma de lo que teníamos en común. Solo habíamos compartido nuestros cuerpos, Laszlo.

Él la miró, en silencio. Nunca le había parecido más hermosa y vulnerable. Había crecido a la sombra de una desastrosa historia de amor y lo había conocido antes de entender que ella no era su madre, sino su propia persona.

En ese momento entendía lo sola y asustada que debió de sentirse, el miedo que debían de provocarle sus sorprendentes ausencias y sus cambios de humor. Le había dicho que nunca la perdonaría por lo que había hecho, pero empezaba a entender que era él quien necesitaba su perdón. Había sido su amante y, en su mente al menos, su marido. El único hombre que podría haber restaurado su fe en los hombres y, sobre todo, en sí misma.

¿Y qué había hecho?

Nada.

Era lógico que hubiera buscado consuelo en el hombre que siempre había estado a su lado, el que nunca la había decepcionado.

—Debes de quererlos mucho —dijo por fin.

Vio un brillo de emoción en sus ojos.

—No son perfectos, pero son mi familia y los quiero. Y confío en ellos.

—¿Más de lo que confiabas en mí?

Esa pregunta la pilló desprevenida y tuvo que tragar saliva. Estaba tan cansada de discutir... pero se daba cuenta de que la respuesta era importante para él. Sería fácil aplacarlo, pero estaba harta de mentir y las consecuencias ya no importaban. Tenía que enfrentarse al pasado, no evitar las partes más dolorosas.

Por fin, asintió con la cabeza y vio un brillo de rabia en sus ojos.

—¿Es que no has aprendido nada del pasado? Puede que nuestro matrimonio esté roto, pero yo quiero... necesito ser sincera contigo. Y quiero pensar que tú deseas lo mismo. Así que la respuesta es sí, Laszlo. Confiaba en ellos más que en ti o en mí misma.

—Yo también quiero ser sincero contigo —empezó a decir Laszlo en voz baja—. Tenías razón al desconfiar de mí.

Ella lo miró, sin entender.

—¿Qué quieres decir? —le preguntó, al ver un brillo de remordimiento en sus ojos.

—No te conté la verdad sobre mi abuelo, sobre mí. Y luego mis idas y venidas... hiciste bien al romper nuestra relación. De hecho, me sorprende que te quedases conmigo tanto tiempo —le acarició la mejilla con una mano temblorosa—. No he sido siempre una persona amable, *pireni*. O justa —Laszlo dejó escapar un suspiro—. Cuando rompiste conmigo culpé a tu tío y luego te culpé a ti. Y luego nos culpé a los dos, pero ya no puedo culpar a nadie más que a mí mismo por lo que pasó. Lo único que hacía era avivar tus dudas y enfadarme cuando dudabas de mí.

Abrió la boca para decir algo más, pero se detuvo.

Prudence suspiró. ¿De verdad había esperado que le abriese su corazón? Lo conocía lo suficiente como para saber que siempre tendría secretos.

Laszlo bajó la mirada. No quería hacerle daño. Prudence había sido tan abierta, tan valiente, pero había tantas cosas que no podía contarle...

—Lamento mucho todo lo que ha pasado —dijo en voz baja—, pero me alegro de que hayamos tenido esta conversación. Y me alegro de que estés aquí... —se le encogió el corazón al ver una lágrima deslizándose por su rostro—. No llores —impulsivamente, alargó una mano para rozar su cara—. Desde luego, no nos lo hemos puesto fácil, ¿verdad, *pireni*? Yo pensé que nuestro matrimonio funcionaría por arte de magia y tú sabías que estaba destinado al fracaso. Lo hicimos todo mal, aunque la mayoría de las parejas hubieran matado por tener la química que teníamos nosotros.

Prudence sabía que estaba bromeando para animarla, pero algo en su comentario la deprimió. Aunque probablemente era la verdad. Para Laszlo, cualquier discusión siempre llevaría a la cama.

Él volvió a fruncir el ceño. Sabía que le había hecho daño y deseaba más que nada tomarla entre sus brazos, pero no quería utilizar el sexo para bloquear la emoción.

—Mira, no te preocupes por el inventario. Llamaré a tu tío más tarde y hablaré con él, me imagino que no reconocerá mi voz, ¿no?

Prudence vaciló. Sabía que estaba intentando enmendar su error y era una novedad que fuese él quien hiciese una ofrenda de paz.

—No quiero que venga corriendo a rescatarte. Porque tú no quieres ser rescatada, ¿verdad?

Ella suspiró. No, no quería ser rescatada, pero tal vez debería. Sus sentimientos eran cada día más confusos y difíciles de contener.

–No, claro que no.

Sintió que se le aceleraba el pulso porque Laszlo parecía el joven Laszlo de siete años atrás.

–Prometo portarme bien. No diré ni haré nada exasperante.

–No tentemos a la suerte.

Él esbozó una sonrisa torcida.

–Qué supersticiosa eres, mi dulce esposa gitana.

Prudence lo miraba, hipnotizada por el brillo de sus ojos, pero se le encogió el corazón porque las palabras de Laszlo no eran una promesa de futuro, sino una simple afirmación.

Intentando ignorar el caos de emociones miró el reloj de pared. El sentido común le pedía que se fuera antes de decir algo que lamentase después.

–Debería ir a buscar a tu abuelo, pero normalmente se echa la siesta a esta hora. No sé qué hacer.

–Tal vez yo podría ayudarte –Laszlo tomó su mano con expresión pensativa–. Vamos a ver... –se la llevó a los labios para besarla hasta que Prudence tuvo que tragar saliva–. Tu piel es tan suave que resulta difícil leer el futuro, pero... ah, estoy viendo un hombre alto y moreno en tu vida.

Disimulando una sonrisa, Prudence apartó la mano.

–¿Ah, sí? Yo no diría que Jakob es alto.

–El hombre del que hablo no es abogado. Es igual de listo, pero además es ingenioso y sexy...

–¿Y muy engreído?

–También –murmuró Laszlo, con un brillo burlón en los ojos.

Cuando la miraba así, todo en ella parecía desatarse. Esperando fervientemente que esos sentimientos no se reflejasen en su cara, levantó la barbilla en un gesto desafiante.

–O quizá necesitas que te examinen la vista.

Él esbozó una sonrisa alegre que la hizo perder el sentido.

–Probablemente. Sin duda mis ojos están deteriorados por vivir en este lóbrego castillo, así que debería mantenerte lo más cerca posible.

Y, entonces, sin decir una palabra más, la envolvió en sus brazos para apoderarse apasionadamente de sus labios.

Capítulo 8

CON el gesto torcido, Laszlo miraba el cielo sin nubes desde la ventana de su dormitorio. Se había levantado temprano y había ido a dar un paseo antes de desayunar. Normalmente, disfrutaba del silencio y del aire fresco del amanecer, pero aquel día le resultó imposible. Por una vez, no había encontrado placer en la paz y la belleza del paisaje.

La conversación con Prudence se repetía insistentemente en su cabeza, de modo que en lugar de volver a la cama con ella había vuelto al castillo.

Cerró la ventana, enfadado consigo mismo, pero eso no podía hacerle olvidar la desagradable verdad: la había tratado mal. Una persona más débil, la que él erróneamente había creído que era, se habría sentido desolada.

Pero Prudence no estaba desolada. Y tampoco se había rendido. Aun siendo joven e inexperta, y a pesar de su poca afición a hablar para solucionar las cosas, había intentado que su relación funcionase. Y seguía siendo así.

Cuando el destino volvió a unirlos, él había usado su posición para castigarla, pero ni siquiera entonces se había ido. Al contrario, había saltado el muro, negándose a aceptar una negativa.

Sonrió de repente. Le encantaba que fuese tan obstinada y tan preciosa. Y tan valiente. Era todo lo que él deseaba en una esposa, en una mujer a la que amar.

La sonrisa desapareció. ¿Por qué pensaba en palabras como «esposa» y «amar»? Él no amaba a Prudence
y pronto dejaría de ser su esposa. De hecho, pronto ni
siquiera estaría en el país.

Laszlo dejó escapar un gruñido de frustración. Todo
le había salido mal. Dejar que Prudence volviese a su
vida y a su cama parecía tener el efecto opuesto al que
se había imaginado.

Para empezar, acostarse con Prudence no parecía
matar su deseo por ella, sino todo lo contrario. Y la ira
que había sentido cuando la encontró en el saloncito parecía haberse esfumado, reemplazada por una nerviosa
emoción cada vez que estaban cerca.

Tuvo que apretar los dientes. Si no supiera que era
imposible, diría que sentía algo por ella.

Pero sería ridículo. Esos sentimientos eran un truco
de sus sentidos. Como Prudence había dicho el día anterior, solo se sentían cómodos el uno con el otro en la
cama y, sin duda, sus emociones eran el efecto de la intimidad. Si añadía a eso su sentimiento de culpabilidad
por haberla tratado tan mal era lógico que estuviera tan
desconcertado.

Contento al haber encontrado una explicación racional, y silbando por lo bajo, se volvió hacia la puerta.

Janos lanzó un pequeño grito de triunfo mientras se
volvía hacia Prudence con un papel en la mano.

–¡Lo he encontrado por fin! Qué alivio –miró el reloj
de pared y frunció el ceño–. No sé dónde estará Laszlo.
Esa memoria suya... al menos Besnik recuerda la hora
de comer.

Prudence cerró el ordenador mientras se aclaraba la
garganta.

–Bueno, me dijo que llegaría un poco tarde. Creo que había algún problema en una de las fincas.

–Ah, ya. Creo que tendré que hablar con tu tío.

–¿Por qué? ¿Ocurre algo?

El anciano negó con la cabeza.

–No, no te preocupes, querida. Al contrario, me gustaría hablar con él para convencerlo de que debes quedarte aquí para siempre.

–¿Qué?

–Primero consigues organizar cuarenta años de papeleo tú sola y ahora has entrenado a mi nieto para que te informe de sus movimientos.

Prudence tomó un sorbo de café, aunque le costaba tragar.

–No creo que sea por mí –murmuró, ruborizándose.

Janos se rio.

–Desde luego, no tiene nada que ver conmigo, pero no te preocupes, no tendrás que quedarte en este viejo castillo para siempre. Sé que debes de echar de menos a tu familia.

–Los echaba de menos al principio, pero tú me haces sentir tan bienvenida... Y me encanta el castillo, es un sitio perfecto para todos esos cuadros maravillosos. En realidad, me recuerda a uno de mis sitios favoritos, el museo Soane de Londres. Sir John Soane vivía allí, rodeado de obras de arte, esculturas y relojes. Es un sitio asombroso. Edmund dice que lo trato como si fuera una iglesia. Siempre voy allí cuando tengo algo que celebrar o si me siento triste... –se interrumpió, sorprendida, cuando los relojes del castillo empezaron a dar la hora–. Ah, qué tarde es. Tal vez será mejor que baje a decirle a Rosa que Laszlo está...

–¿Laszlo está qué?

Vestido con unos tejanos y una vieja camiseta gris, Laszlo entró en la habitación con Besnik pegado a sus talones. Se inclinó sobre el sillón de su abuelo para darle un beso en la frente y luego se volvió hacia Prudence.

—¿Estoy muerto de hambre o estoy a punto de llegar? No sé cuál de las dos respuestas os alegraría más.

Prudence se quedó sin aliento.

—Que estés aquí nos alegra mucho —respondió Janos—. Es la hora de comer.

—¿Y tú cómo estás, Prudence? ¿También tienes hambre?

Ella miró nerviosamente al anciano porque siempre temía que notase la tensión que había entre ellos. Pero comprobó, aliviada, que había vuelto a concentrarse en el trabajo. Seguía sin gustarle tener que mentir, pero eso no duraría mucho tiempo. Pronto volvería a Inglaterra y solo tendría que mentirse a sí misma.

«No sigas por ahí», se dijo. «Esto solo es algo temporal, nada ha cambiado».

También eso era mentira. Ella no había querido que cambiase, pero así había sido. Una vocecita interior la urgía a alejarse de la zona de peligro, pero no podía hacerlo. Su única opción era mantenerse distante, fría. Después de todo, solo era sexo.

Claro que lo que había en su corazón no tenía nada que ver con el sexo. Laszlo tenía razón, un trozo de papel no significaba nada porque en su fuero interno siempre estaría casada con él.

No, no podía ser. Todo estaba en su imaginación, se dijo, enfadada. Pero no era así. Amaba a Laszlo y lo único que quería era olvidar todo lo que había ocurrido entre ellos y empezar de nuevo.

Sus ojos se encontraron con la intensa mirada dorada y sintió un dolor que ni el tiempo ni la distancia podrían curar. Estaba enamorada de él, pero Laszlo había reducido la relación al aspecto meramente físico.

Con el corazón acelerado, luchando por disimular la tristeza, apartó la mirada.

—Voy a decirle a Rosa que estás aquí.

—No hace falta —dijo Laszlo—. La he visto antes de entrar. Ah, y Jakob ha llamado para decir que vendrá esta noche.

Estiró las piernas en un gesto despreocupado, pero a pesar de la relajada postura, Prudence casi podía sentir la inquieta energía que emanaba.

Janos miró a su nieto con gesto pensativo.

—Increíble. Llegas a tiempo para comer y te acuerdas de darme un mensaje.

Laszlo se encogió de hombros mientras golpeaba la alfombra con un pie.

—Estoy lleno de sorpresas, *papi*.

Janos lo estudió con expresión benevolente.

—Por ejemplo, que estás a punto de cargarte mi alfombra favorita. ¿Jakob ha dicho a qué hora piensa venir?

—No me acuerdo, ¿o sí? Ah, sí, alrededor de las ocho. Ten un poco de fe en mí, *papi*.

—Estoy impresionado y sorprendido.

Laszlo se volvió hacia Prudence.

—¿Tú qué piensas? ¿Un hombre puede cambiar?

—No estoy segura. Eres demasiado... no sé cómo definirte.

—¿Ah, no?

—Eres como un lobo domesticado que entra en la casa, pero solo si le dejan la puerta abierta.

Sintió un escalofrío de aprensión cuando sus ojos se encontraron y, de repente, el único sonido que escuchaba era el de la lluvia cayendo tras los cristales.

Janos se aclaró la garganta.

—Creo que la palabra que estás buscando es «liminar». Significa ocupar un espacio a ambos lados de una linde, en este caso, un umbral.

–Liminar, intentaré recordarlo.

Prudence frunció el ceño. Estaba tan concentrada en Laszlo que había olvidado disimular sus sentimientos. ¿Janos sabría algo? Pero, si conocía sus sentimientos, lo ocultaba muy bien, porque volvió a concentrarse en sus papeles.

Cuando levantó la cabeza, Laszlo estaba mirándola con ojos hambrientos.

–Si yo soy un lobo, ¿eso significa que tú eres un cordero?

Era exactamente eso, un lobo, un depredador, un animal salvaje. Y ella se sentía como un cordero que había entrado por error en su guarida.

–No, probablemente sería algo tímido y espinoso... un erizo, por ejemplo.

Laszlo sonrió.

–Los erizos no pinchan. Cuando están relajados y se sienten seguros, bajan las púas.

Prudence tuvo que clavarse las uñas en las palmas de las manos para no lanzarse sobre él y besarlo con todas sus fuerzas.

–Y entonces, ¿qué pasa? Te los comes, ¿no?

–Eso depende del erizo.

Janos sacudió la cabeza.

–Te está tomando el pelo, querida. No se ha comido un erizo en la vida.

Prudence se apartó del respaldo de la silla. Sentía como si le hubieran crecido púas en la espalda.

–¿Y tú, Janos? ¿Cuál es tu animal preferido?

El anciano dejó los papeles sobre la mesa.

–A juzgar por el estado de mi memoria, debería ser un pez.

Todos soltaron una carcajada y después Laszlo apretó la mano de su abuelo.

–*Papi*, no digas eso, si tienes mejor memoria que yo.

En cuanto a Prudence... la de ella es demasiado buena. Me gustaría que olvidase ciertas cosas... y hay otras que me gustaría cambiar.

Prudence lo miró, con el estómago revuelto de nervios y confusión. ¿Qué estaba haciendo? ¿Iba a contarle la verdad a Janos?

Pero entonces Laszlo esbozó una sonrisa.

—¡*Papi*, tengo que darte una noticia!

El anciano se rio, sacudiendo la cabeza.

—Sabía que me ocultabas algo. No sé nada de lobos, pero estás como un gato sobre un tejado de cinc desde esta mañana. Venga, ¿cuál es la noticia?

—Kajan está aquí —anunció Laszlo, con los ojos brillantes.

—¿De verdad?

Prudence no sabía quién era Kajan, pero su llegada parecía alegrarlos a los dos.

—Llegó anoche, cuando ya te habías ido a la cama, y se ha instalado en medio del campo, ya sabes. Todos los demás deberían llegar hoy —Laszlo se volvió hacia Prudence—. Mihaly quiere bautizar a su hijo este fin de semana y me ha pedido que sea el padrino.

—Ah, qué alegría —Janos se levantó para abrazar a su nieto.

Viéndolos juntos, Prudence se sintió de repente fuera de lugar, como si hubiera entrado en una fiesta privada. Por la noche, saciada entre sus brazos después de la intimidad, había sido tan fácil fingir que la suya era una relación normal... Pero en ese momento se sentía como un espectador mirando desde las gradas. ¿A quién quería engañar? No tenía derecho a felicitar a Laszlo con un abrazo. Y tampoco vería a Janos portarse como un abuelo con sus hijos.

Angustiada, intentó sonreír.

—Enhorabuena, eso es estupendo.

–Gracias.

Laszlo la miraba con una expresión tan desolada que sintió frío por dentro. Pero enseguida sonrió cuando su abuelo le dio una palmadita en el brazo.

–Estoy muy orgulloso de ti. Lo siento, querida –se disculpó Janos–. Lo siento, es que es algo importante para los dos.

–Claro, lo comprendo y me alegro mucho. ¿Qué tienes que hacer?

Cuando Laszlo la miró, en sus ojos había una emoción a la que no podía poner nombre.

–No lo sé.

Su tono era seco, sin trazas de la anterior alegría, y Prudence casi podía verlo retirándose de la conversación, retirándose de ella.

–Seguro que Mihaly querrá que te involucres en la vida de su hijo. Evidentemente, siente un gran cariño y respeto por ti.

–Soy su primo. Siempre se elige como padrino a un pariente.

–Ah, no lo sabía.

–¿Y por qué ibas a saberlo?

La frialdad de su tono era una advertencia y Prudence apartó la mirada, sintiéndose como una tonta. ¿Por qué se había imaginado que estaban más cerca el uno del otro?

Sin percatarse de la tensión que había en la habitación, Janos sonrió.

–Es una tradición muy antigua. Su padre y el padre de su padre tuvieron muchos ahijados y sé que Laszlo hará lo mismo. Todos le quieren mucho –miró a Prudence con un gesto de complicidad–. Y esto será divertido para él. Estar encerrado en el castillo con un viejo por toda compañía lo ha vuelto demasiado serio.

–Sigo en la habitación, no sé si os habéis dado cuenta –protestó Laszlo.

Prudence lo miró de reojo. Su humor parecía haber cambiado y, no por primera vez, se preguntó qué había en esa cabeza suya.

—Algunos no nos pasamos el día mirando bonitos cuadros, *papi* —siguió Laszlo con fingida indignación—. Y ahora que me habéis criticado, ¿podemos empezar a organizar esto?

Janos se sacó una pluma y una agenda de cuero del bolsillo de la chaqueta.

—Todos vamos a estar muy ocupados durante los próximos días. Tú también, querida. No suelen acudir extraños a las reuniones gitanas, pero tú eres nuestra invitada y serás tan bienvenida como si fueras de la familia.

Prudence sintió que se quedaba sin sangre. Miró a Laszlo para ver su reacción, pero él estaba acariciando las orejas de Besnik con gesto distraído. Estaba segura de que pondría alguna objeción. Después de todo, él no querría que se mezclase con su familia.

Janos frunció el ceño.

—Me imagino que Kajan querrá celebrar un *bolimos* después del bautizo —se volvió hacia Prudence—. Kajan es el miembro mayor de la familia Cziffra y hemos criado a Laszlo entre los dos.

Ella asintió con la cabeza, esperando que Laszlo interviniese y dijera que no podía acudir al bautizo.

—Estaba pensando que podríamos hacerlo en el viejo granero. Así habrá sitio para las mesas y la pista de baile —dijo en cambio.

—Un *bolimos* es muy divertido —le explicó Janos—. Es una gran fiesta y vendrá todo el mundo, hombres, mujeres, niños... y tendrás que bailar con todos.

Prudence hizo un esfuerzo para sonreír.

—Es muy amable por tu parte, de verdad, pero no quiero molestar...

–Tonterías. Laszlo, dile que tiene que ir. Voy a buscar a Rosa –murmuró Janos, mirando su reloj–. Y luego tomaremos una copa de champán para celebrarlo.

Prudence esperó a que saliera de la habitación antes de volverse hacia Laszlo.

–¿Por qué no has dicho nada? Tú sabes que no puedo ir.

–¿Te preocupa molestar o hacer algo indebido? ¿Debo recordarte cómo volviste al castillo?

¿Por qué estaba siendo tan obtuso?

–Si tú no dices nada, tendré que hablar con tu abuelo.

–Solo es un bautizo.

–¿Y si alguien me reconociese?

Laszlo se encogió de hombros.

–Nadie te reconocerá, pero, aunque así fuera, nadie diría nada –la estudió un momento, con una mezcla de sorpresa e irritación–. Además, no se acordarán de ti. Siempre he estado rodeado de chicas y dudo que pudieran distinguirte de las demás.

Prudence sintió un escalofrío. ¿Cómo podía una simple frase provocar tanto dolor? ¿Y cómo podía él ser tan insensible, tan brutal, cuando le había hecho el amor solo unas horas antes? Pero, claro, el amor no tenía nada que ver con la ternura durante el sexo. La besaba y acariciaba solo para excitarla y pensar que sentía algo era un error por su parte.

–Entiendo.

Fue una respuesta automática. Necesitaba decir algo, cualquier cosa, para sofocar la tristeza. Y funcionó porque la ira empezó a reemplazar al agotamiento.

–Esperemos que sea así.

–Pues muy bien. Me voy a ver unos bonitos cuadros.

Se levantó para salir, pero Laszlo fue más rápido.

–No, espera, lo siento.

Su tono era tan tenso, tan salvaje, que Prudence tardó un momento en entender que estaba disculpándose.

—¿Qué? ¿Qué has dicho?

Lo vio sacudir la cabeza y pensó que debía de haber oído mal.

—Lo siento, no debería haberte hablado así —murmuró, con un brillo de miedo y tristeza en los ojos—. Lo siento. No te vayas, por favor.

Prudence lo miró, en silencio. Sentía el deseo de consolarlo, pero se contuvo, harta de perdonar.

—¿Por qué lo has dicho entonces?

Laszlo volvió a sacudir la cabeza.

—No lo sé, para hacerte daño, supongo.

—¿Y por qué quieres hacerme daño? Pensé que habíamos dejado atrás el pasado. Dijiste que querías cambiar...

—Y lo decía en serio, pero mientras le contaba a mi abuelo que iba a ser padrino no dejaba de pensar en las mentiras que le he contado y en lo mal que te he tratado a ti. No puedo... no puedo presentarme delante de esa gente y hacer promesas de compromiso.

Ella tragó saliva. Laszlo siempre había estado tan seguro de sí mismo que aquella confesión le parecía sorprendente.

—¿Por qué no?

—Tú lo sabes mejor que nadie.

Parecía tan triste, tan desolado... Y Prudence se dio cuenta entonces, asombrada, de que lo había perdonado. Había olvidado y perdonado porque lo amaba. ¿Y qué forma más pura de amor había que el perdón?

—Mihaly no te habría pedido que fueras el padrino de su hijo si pensara que no eres la persona adecuada.

—Ya te dije que Mihaly me había elegido porque soy de la familia y la familia es lo primero.

—¿Y quién sabe eso mejor que tú? Janos me ha dicho que estuviste a su lado durante la enfermedad de tu abuela y sigues aquí, cuidando de él. Incluso has dejado que yo me quede para hacerlo feliz. A pesar de todo lo que ha habido entre nosotros, lo has olvidado por él —Prudence sacudió la cabeza—. Eres fuerte, leal y bueno y creo que serás un padrino estupendo.

Laszlo se llevó su mano a los labios y la besó tiernamente.

—¿Cuándo te has convertido en mi fan número uno, *pireni*? —murmuró.

—No digo que no haya posibilidad de mejorar.

Sonriendo, sintió que recuperaba la confianza, la tranquilidad, como si se hubiera quitado un peso de encima.

—Tal vez tú podrías guiarme entonces. Indícame la dirección en la que debo ir.

Ella asintió con la cabeza porque no podía hablar. De hecho, solo podía pensar en el roce de sus manos.

Pero incluso cuando dejó que la empujase hacia su torso el alivio estaba mezclado con la confusión. Pocos días antes había odiado a Laszlo y, de repente, lo defendía. Tal vez porque por primera vez él la necesitaba.

Sintió el roce de sus manos en la espalda, cada vez más abajo. Podía amar a Laszlo, pero para él la relación solo sería sexo. Nada iba a cambiar eso, pero ella sí podía cambiar su reacción, como cuando era niña y quería una estrella para su cumpleaños, pero tenía que conformarse con una casa de muñecas. Eso era lo que uno hacía cuando quería algo imposible, conformarse. Y si todo lo que Laszlo podía ofrecer era sexo y pasión, entonces no iba a soñar con un imposible.

—¿Por qué tiemblas? ¿Tienes frío?

—No —respondió ella, tragando saliva.

Despacio, con la respiración agitada, Laszlo la envolvió en sus brazos y Prudence buscó sus labios para besarlo con fiera desesperación.

Ciegamente, él la apretaba contra su torso, saboreándola, trazando la forma de sus labios con la punta de la lengua. Prudence suspiró, derritiéndose cuando notó el duro miembro rozando su pelvis.

Laszlo agarró su pelo, enloquecido, y luego, con un rugido, la soltó.

—¿Qué ocurre? —Prudence dio un paso atrás, agarrándose a su camisa para no perder el equilibrio—. ¿Por qué has parado?

Laszlo intentó esbozar una sonrisa.

—Porque quería arrancarte la ropa, pero Rosa subirá enseguida. Tenemos que buscar otro sitio.

—Llévame a otro sitio en el que puedas arrancarme la ropa, por favor —dijo Prudence en voz baja.

Laszlo inclinó la cabeza para buscar sus labios, pero cuando oyeron voces y risas en el pasillo se apartó para ofrecerle su mano.

—¡Ven conmigo!

Capítulo 9

DE LA mano, riéndose como adolescentes, pasando por delante de una Rosa boquiabierta, fueron corriendo por pasillos y escaleras hasta que por fin se detuvieron jadeando frente a una puerta.

–¿Dónde estamos? –preguntó Prudence.

Él se quedó callado un momento y luego, abruptamente, se lanzó hacia ella y la besó con tal fuerza que la dejó sin respiración.

–En un sitio privado –respondió por fin, pasando los dedos por su trémula mejilla con infinita ternura–. Mi dormitorio. No te preocupes, aquí nadie va a molestarnos.

Prudence lo miró con un nudo en la garganta, porque sabía que estaba haciéndole saber lo importante que era para él. Asintió sin palabras y él inclinó la cabeza para capturar su boca de nuevo, besándola ardientemente mientras la empujaba hacia la cama.

Tuvo que contener un gemido cuando deslizó los labios por su pecho, rozando sus pezones por encima de la blusa. Cerró los ojos al sentir un golpe de aire frío en los muslos cuando le levantó la falda y luego, cuando apartó a un lado sus bragas para acariciarla con sus largos dedos, sintió que le ardía la cara.

Laszlo levantó la cabeza y la miró respirando agitadamente, con los ojos oscurecidos de pasión.

–Eres tan preciosa... Y te deseo tanto...

–¿Qué haces...?

Las palabras murieron en sus labios cuando inclinó la cabeza para buscar el triángulo de rizos húmedos entre sus piernas. Casi la asustaba cuánto deseaba que la tocase allí. Su pulso latía acelerado, su piel ardía mientras empujaba su cuerpo hacia él en la oscuridad.

Tuvo que apretar los puños al sentir el primer roce de su lengua. Se agarró a sus hombros, el placer era cada vez más pujante hasta que, por fin, arqueó la pelvis hacia su boca mientras hundía los dedos en su pelo.

Gimió de placer hasta quedar agotada, pero necesitaba más; necesitaba sentirlo dentro de ella. Gimiendo, tiró frenéticamente de los botones de su pantalón para liberar el erguido miembro y lo introdujo ciegamente en ella, levantando las caderas para sentir cada centímetro. Se agarró a sus brazos, temblando, moviéndose frenética contra él mientras Laszlo tiraba hacia atrás de su pelo para buscar su boca. Y luego se oyó gritar a sí misma, arqueándose cuando él embistió por última vez con un gemido ronco.

Más tarde, abrazados en la cama, saciados, se miraron a los ojos.

–Antes quería hacerte una pregunta.

–¿Qué? –murmuró Prudence.

–Quería preguntarte por qué habías vuelto. La segunda vez, quiero decir.

Ella frunció el ceño.

–Ya te lo dije, para recuperar mi trabajo.

–Pero hay otros trabajos. Me imagino que no merecía la pena aguantarme por un simple trabajo.

–No quería defraudar a mi tío.

Al ver que sus ojos se llenaban de tristeza y confusión, Laszlo sintió un extraño y poderoso deseo de protegerla.

–No, pero, si le hubieras dicho quién era yo, seguramente no habría querido que te quedases.

–No podía decírselo. Necesita el dinero –Prudence hizo una mueca–. Edmund es estúpidamente generoso con todo el mundo y ahora tiene un serio problema económico. En fin... el dinero de este contrato lo arreglará todo, por eso he vuelto.

Sus ojos eran tan cálidos como el whisky de malta.

–Entiendo. Entonces, ¿me soportas para hacer feliz a tu tío? ¿A pesar de todo lo que ha pasado entre nosotros has decidido perdonar y olvidar por él? –Laszlo sacudió la cabeza–. Creo que eso te convierte en una persona fuerte, leal y buena.

Prudence esbozó una sonrisa.

–¿Sabes una cosa? Puede que nos parezcamos más de lo que nos gustaría admitir. Y si nos concentrásemos en ese parecido en lugar de en nuestras diferencias podríamos hacer que esto funcionase.

Pero Laszlo solo hablaba del pasado, pensó entonces. Palabras como «quizá» o «tal vez» no incluían la promesa de un futuro que pudieran compartir. Cerrando los ojos, dejó que el fuego de la pasión consumiera su tristeza.

Más tarde, pasando la mano por sus fuertes brazos, aún embriagada de felicidad, Prudence hundió la cara en su torso.

–Hueles tan bien... –murmuró–. A chimenea, limón y sal, todo mezclado.

Laszlo le sostuvo la mirada mientras la besaba suavemente en los labios.

–¿Y eso huele bien? Suena a arenques ahumados.

Riéndose, Prudence le dio una palmadita en el brazo. Se sentía ridículamente feliz y segura. Fuera, el sol brillaba débilmente y podía oír el canto de los pájaros, pero lo que importaba era lo que había dentro de la habitación: Laszlo y ella, perfectos, completos. Allí podían reírse, besarse, tocarse. El mundo exterior no tenía importancia.

Adormilada, se apretó contra él.

No recordaba haberse quedado dormida, pero cuando abrió los ojos encontró a Laszlo vestido, sentado al borde de la cama.

—Te has levantado —murmuró, estirándose perezosamente.

Sonriendo, él inclinó la cabeza para besarla.

—Así es.

—¿Por qué no vuelves a la cama? —Prudence se sentó, viendo cómo su mirada se oscurecía cuando sus pechos quedaron al descubierto.

—Me encantaría hacerlo, pero no puedo. Acabo de bajar a comer algo y mi primo me ha acorralado, así que ahora tengo que ayudar a pintar el granero —Laszlo suspiró, mirando sus pechos—. Y, si no voy, vendrán a buscarme —añadió, tomando un jersey del respaldo de la silla—. De hecho, podrían venir en cualquier momento. Venga, vamos a ponerte decente.

Prudence frunció el ceño.

—Puedo vestirme y marcharme.

—Pero yo no quiero que te marches.

Quería que se quedase porque la deseaba, pero al menos era algo.

Sintiéndose perversa de repente, se apoyó en la almohada y dejó que la sábana se deslizase aún más hacia abajo.

—¿Y no llamarían antes a la puerta? —preguntó, con tono seductor.

—No, no lo harían. Venga, levanta los brazos.

Fingiendo no notar lo excitado que estaba, Prudence levantó los brazos con exagerada lentitud. Mascullando una palabrota, Laszlo le puso el jersey.

—Así está mejor —dijo, haciendo una mueca—. Pero

vas a pagar por esto, *pireni*. Tienes que dejar de aprovecharte de mí. O al menos antes dame de comer. Si no nos hubiéramos perdido el almuerzo, Kajan no me habría acorralado.

Comida. Almuerzo.

Prudence miró a Laszlo, horrorizada, cuando su estómago emitió un ruido de protesta.

—Ay, nos hemos perdido el almuerzo.

Laszlo se encogió de hombros.

—No pasa nada. He visto a mi abuelo y le he dicho que estabas descansando un poco.

—¿Aquí, en el castillo? ¿Le has dicho que estaba en tu habitación?

—Tengo treinta años, Prudence, no catorce. No tengo que pedir permiso para subir gente a mi habitación. Además, no pongas esa cara, no le ha parecido mal —se inclinó para darle un beso—. Me ha dicho que te dejase dormir, que trabajas demasiado. Rosa temía que te murieses de hambre y eso me recuerda... —se apartó de la cama para tomar de la cómoda un plato cubierto por una servilleta—. Te he traído algo de comer. Y cerezas. A menos que quieras esperar a que vuelva para tomar el postre.

Prudence puso los ojos en blanco y él se sentó al borde de la cama, riéndose.

Mientras comía, Laszlo le contó historias del castillo y le explicó algo de la complicada historia de Hungría. Cuando terminó de comer se ofrecieron cerezas el uno al otro hasta que, por fin, Prudence lo besó en los labios.

—Gracias, todo estaba riquísimo. Algunas combinaciones de sabores eran sorprendentes.

—Sé que te gusta mezclar los sabores.

Prudence tembló cuando pasó la mano por su pierna desnuda.

–Pero ¿y si solo pudiera darte pan y queso? ¿Serías feliz con eso?

–Sí –respondió ella–. Si estuvieras a mi lado me comería una suela de zapato.

–Tal vez deberías quedarte aquí. Podrías ser mi dama de Shalott.

–¿No murió sola y con el corazón roto?

Laszlo frunció el ceño.

–Sí, me temo que sí. Había olvidado esa parte. No estaba pensando en el poema, solo en el cuadro de Waterhouse. Bueno, entonces, ¿qué tal Rapunzel? Ella salva al príncipe y viven felices para siempre.

Prudence apartó la mirada. ¿Podría tener a Laszlo? ¿Podría acercarse a él de verdad? Tal vez podrían vivir felices para siempre, quizá por eso el destino había vuelto a reunirlos.

Envuelta en sus sábanas, en su cama, era fácil olvidar que nada de aquello era real, pero sus palabras eran tan seductoras... En fin, su relación con Laszlo terminaría pronto y no habría un final feliz. Solo quería cautivarla con palabras para conseguir lo que deseaba.

No tenía sentido esperar una reconciliación. ¿Qué clase de matrimonio sería el suyo sin confianza y sinceridad por ambas partes? Además, Laszlo no tenía ningún interés en retomar la relación. Para él, aquello era solo una aventura y sus tretas de seducción un medio para llegar a un fin. Tenía que recordar eso cuando sus poéticas palabras empezasen a hacerla creer en cuentos de hadas.

–No recuerdo a Rapunzel tirando maletas a la cabeza de su príncipe –bromeó.

–Porque su sombrero de punta se lo impedía.

Prudence se rio mientras él la abrazaba.

–Aunque no me has lanzado nada desde hace unos días... salvo algún insulto. No, decía en serio que te quedases. ¿Esto tiene que terminar? Admito que cuando llegaste me resultó difícil porque teníamos muchas cosas que aclarar, pero eso ya está hecho. Podríamos seguir como hasta ahora, ¿no? Los dos estamos a gusto y te deseo más de lo que nunca he deseado a otra mujer.

El cosquilleo que Prudence sentía entre las piernas estaba atemperado por la tristeza. Era halagador sentirse deseada, pero ella quería mucho más. Aunque la idea de separarse de él era tan aterradora que no tenía sentido fingir que rechazaría una relación en los términos que él le ofreciese.

–¿Solo tú y yo? –murmuró.

La expresión de Laszlo se volvió seria de repente.

–Solos los dos. Así podría funcionar –respondió mientras se levantaba–. Será mejor que me vaya. ¿Quieres quedarte un momento?

Ella asintió con la cabeza y luego, suspirando cuando salió de la habitación, volvió a apoyarse en las almohadas.

No había sido su intención quedarse dormida, pero así fue. Era la segunda vez que se despertaba en la cama de Laszlo, pero en esa ocasión sola, y sintió su ausencia como un dolor profundo. Se abrazó al jersey, buscando el consuelo de su olor mientras miraba alrededor.

Era una habitación preciosa, de techos altos y ventanas amplias. Al contrario que en el resto del castillo, no había cuadros ni espejos en las paredes grises y contaba con muy pocos muebles. Solo una silla, la cama con un antiguo cabecero de madera y una cómoda.

Entonces se fijó en la fotografía, el único adorno de la habitación. Se levantó de la cama para mirarla de cerca y, sintiéndose culpable, tomó el marco de la foto en blanco y negro.

Las dos personas de la fotografía eran los padres de Laszlo, estaba segura. El parecido estaba ahí, en cada rasgo de su rostro. Eran tan guapos, tan jóvenes, pero lo que llamó su atención no fue su juventud ni su belleza, sino cómo se miraban el uno al otro. Literalmente, no tenían ojos para nadie más.

Prudence tragó saliva. Nunca había visto una fotografía de sus propios padres. De hecho, la única foto que tenía de su padre era la de un periódico. Alguien, probablemente la tía Daisy, había recortado un artículo sobre un juicio en el que su padre había estado involucrado, y la había guardado, amarillenta y desteñida, dentro de un libro.

Estaba mirando tan atentamente la fotografía que no oyó que Laszlo entraba en la habitación.

–Puedes acercarte más, si quieres.

–Siempre me pillas cotilleando –murmuró ella.

Laszlo sintió una punzada de deseo. Con el jersey ancho, el pelo alborotado cayendo por su espalda y los labios hinchados de sus besos estaba más sexy que nunca.

–Cotilleando, saltando muros... Prudence, eres un peligro –Laszlo dio un paso adelante para besarla–. Te he echado de menos.

–Yo también –dijo ella, apretando la cara contra su torso.

Por fin, Prudence señaló la fotografía.

–Son tus padres, ¿verdad?

–Sí –asintió él, estudiándola con sus ojos dorados.

–¿Antes de que se casaran?

–Después –respondió Laszlo.

Prudence quería hacer más preguntas, pero la brusquedad de su tono la desanimó y miró alrededor.

–No es lo que yo esperaba. Me refiero a tu habitación.

–¿Y qué esperabas? ¿Chales de manila, adornos y objetos de latón?

–No, no.

–¿Por qué te importa cómo sea mi habitación? Ah, ya lo entiendo. Crees que, de alguna forma, refleja mi personalidad, mi alma.

–Tengo un título en Historia del Arte, ¿recuerdas? Puedo encontrar tragedia y tormento en dos retazos de marrón y rojo.

Sonriendo, Laszlo tomó su mano para llevársela a los labios.

–Entonces, ¿qué crees que mi habitación dice de mí?

–Creo que dice que te quedaste sin clavos para colgar cuadros. O eso o eres un cavernícola.

–Que no quiera un montón de maestros colgando en mis paredes no me convierte en un cavernícola.

–¿Teniendo unos cuadros tan maravillosos que colgar? –Prudence se rio–. No, era una broma. Ya sé que no eres un cavernícola.

–Mi abuelo y yo somos diferentes y tenemos intereses diferentes –murmuró él, mirando la fotografía de sus padres.

Prudence observó su perfil. Había algo intentando salir, algo que no parecía capaz de contarle, y tenía que encontrar la manera de llegar a él.

–¿Cómo eran?

Él se quedó callado durante tanto rato que pensó que no iba a responder, pero luego levantó los hombros.

–Eran perfectos.

Le parecía una descripción peculiar, pero fue cómo había pronunciado esas palabras, tan infeliz, lo que le rompió el corazón.

–Te pareces a tu madre, pero tienes los ojos de tu padre.

–Al menos he heredado algo de él.

No había querido que su tono fuera tan seco y apartó la mirada.

–¿Qué quieres decir?

En lugar de responder, Laszlo se encogió de hombros.

–Nada.

–Quiero ayudarte.

–No necesito tu ayuda.

–Pero sí quieres acostarte conmigo.

–No veo la conexión entre una cosa y otra.

–Quiero que dejes de apartarme.

–No te estoy apartando. Al contrario, apenas puedo apartar las manos de ti.

–No estoy hablando de eso.

–Lo sé. Y no estoy intentando alejarte, Prudence.

–Pero estás intentando apartar algo. O a alguien.

Solo era una conjetura, nada más que una impresión, pero notó que su expresión era tensa.

–¿Es tu madre o tu padre?

Hubo un silencio.

–Los defraudé –dijo Laszlo por fin–. Y no solo a ellos, a mis abuelos también.

–¿Estás hablando de nuestro matrimonio?

–Sí.

–Pero eso no tiene sentido. Ellos no sabían que nos habíamos casado...

–Tú no lo entiendes. Incluso ahora, mi familia habla de mis padres como seres perfectos porque hacían que todo pareciese fácil, el matrimonio, el amor, la vida.

Ni siquiera las diferencias entre ellos habían sido un obstáculo. Su apasionado amor había borrado las diferencias entre el mundo gitano y el otro.

–Y tú quieres ser como ellos –dijo Prudence.

Después de una breve vacilación, Laszlo dejó escapar un largo suspiro.

–Yo quería lo que ellos habían tenido, la pasión, la felicidad. Creo que eso era lo que todo el mundo esperaba de mí y yo creía haberlo encontrado.

—¿Cuándo?

—Cuando te conocí —respondió Laszlo—. Nos casamos y todo era perfecto, al principio.

—¿Y yo lo estropeé todo?

—No, tú no lo estropeaste todo. Eras demasiado joven e inexperta.

—Pero tú también lo eras.

—¡Mimado y arrogante es lo que era! Estaba acostumbrado a conseguir todo lo que quería y lo que quería era que nuestro matrimonio funcionase porque tenía que ser así. Sencillamente, pensé que todo encajaría en su sitio, pero estaba equivocado.

—Los dos estábamos equivocados —dijo ella.

—Pensé que sería tan fácil... —Laszlo frunció el ceño al recordar lo solo, lo inadecuado que se había sentido porque era demasiado orgulloso como para admitir sus problemas—. Fui yo quien lo estropeó todo, *pireni*. Te hice daño, te mentí, y por arrogancia y orgullo te dejé ir cuando debería haber hecho todo lo que estuviera en mi mano para que te quedases. Y luego mentí a mi familia —Laszlo hizo un gesto de pesar—. Lo único que mi abuela quería era verme felizmente casado antes de morir... —se le quebró la voz y bajó la cabeza—. Nunca quise hacerte daño, Prudence. Tienes que creerme. Solo quería que todo fuese perfecto.

—Lo sé, y no te culpo por lo que pasó.

Tenía un nudo en la garganta. Sabiendo lo que sabía en ese momento, era lógico que hubiera reaccionado tan mal cuando su matrimonio se rompió.

—Esta mañana, cuando dijiste que éramos más parecidos de lo que pensábamos, tenías razón. El matrimonio de nuestros padres nos ha influido demasiado. En realidad, creo que es un milagro que estuviéramos juntos.

—Escúchame, Laszlo —Prudence tomó la fotografía y la puso frente a su cara—. Llevo años mirando fotos, cuadros y aguafuertes y es cierto lo que dicen, cada fotografía cuenta una historia, pero esta es su historia, no la tuya –dejó la foto sobre la cómoda–. Yo no tengo una foto tuya, pero si así fuera contaría nuestra historia. La historia de un joven que cometió algunos errores, pero que es leal a su familia y que ha aprendido a perdonar y confiar –le brillaban los ojos–. No has defraudado a nadie. El matrimonio de tus padres podía parecer fácil desde fuera, pero tú solo lo conociste de niño. Y siento mucho que tu abuela muriese sin saber nada de nuestro matrimonio, pero estoy segura de que la hiciste muy feliz, Laszlo. Cuidaste de ella como ahora estás cuidando de Janos.

Laszlo tiró de ella para tomarla entre sus brazos, hundiendo la cara en su pelo.

–No te merezco –murmuró.

Se quedaron así durante un rato, abrazados, en silencio.

–Hablar es tan agotador... ¿Cómo pueden hacerlo las mujeres?

Prudence sonrió.

–Somos el sexo fuerte.

–El fuerte y el más sensato. Y tú seguramente eres la mujer más sensata que he conocido nunca, Prudence Elliot. Y la más bella, la más compasiva, la más dulce.

–Si supiera hacer un *goulash* húngaro sería perfecta –bromeó.

Él negó con la cabeza.

–Ya he tenido suficiente perfección. Soy feliz con lo que tengo.

–Yo también –Prudence le echó los brazos al cuello.

Más tarde, con Prudence sobre su torso, Laszlo se sentía extrañamente calmado. Le había contado todo y ella no lo había juzgado y condenado. Al contrario, lo había animado a enfrentarse a sus miedos. Unos miedos que habían corroído su relación con la única mujer a la que había amado en toda su vida.

Cerrando los ojos, sintió que se le encogía el corazón dolorosamente.

La mujer a la que seguía amando. Su mujer.

Su relación con Prudence terminaría pronto y todas esas ilusiones de amor y matrimonio serían vanas esperanzas. En ningún momento Prudence había dado a entender que quería darle otra oportunidad a su matrimonio.

Claro que él tampoco.

De hecho, había dado a entender que su relación no era más que una aventura catártica que terminaría al mismo tiempo que su trabajo en el castillo.

Laszlo miró la fotografía de sus padres con un gesto de amargura. Tenía que demostrarle a Prudence que había cambiado y no solo con palabras.

Pero después de haber dicho que solo quería una aventura sin amor, ¿cómo iba a persuadirla para que le diese otra oportunidad a su matrimonio?

Capítulo 10

¿ESTÁS lista?

Prudence miró con angustia los vestidos tirados sobre la cama. Por el momento, solo llevaba la ropa interior y los zapatos.

–¡Casi!

–¿Casi? ¿Cómo es eso posible? Llevas aquí tres horas... –Laszlo entró en la habitación–. Bonito vestido. Pero ¿dónde está el resto?

–Esto no es un vestido, es lo que va debajo.

Los ojos de Laszlo se deslizaron por el conjunto de satén.

–¿Y qué va debajo de eso?

–Nada, esa es la cuestión.

–Una cuestión muy interesante. Y muy convincente –se acercó para besarla–. Aunque sería mejor que te lo quitaras.

Prudence lo miró a los ojos, riéndose.

–¿Ah, sí? ¿No crees que podría ser un poco arriesgado para la fiesta?

–Desde luego que sí. Yo soy la única persona que debe verte desnuda –Laszlo inclinó la cabeza para apoderarse de sus labios.

Prudence tuvo que agarrarse a él cuando las piernas dejaron de sostenerla.

–No me puedo creer que tengamos que ir a esa maldita fiesta. Ya he pasado todo el día con mi familia

–protestó Laszlo después, mirando los vestidos tirados sobre la cama con gesto de incredulidad–. No vas a decir que no tienes nada que ponerte, ¿verdad?

–No, sí... no lo sé. Eso depende.

–¿De qué? ¿Qué pasa con el vestido que te compraste en Budapest?

–Sí, bueno, pero es un vestido de fiesta.

Laszlo hizo una mueca.

–Y vamos a una fiesta –se le iluminaron los ojos–. Si te preocupa, tal vez deberíamos quedarnos aquí.

Prudence negó con la cabeza.

–No, no. ¿Qué pensaría tu familia? No sé por qué no quieres ir.

Laszlo apartó los vestidos y se tiró sobre la cama.

–Porque quiero quedarme aquí. Además, has tardado dos horas en no vestirte y seguro que la fiesta ya habrá terminado.

Riéndose, Prudence tomó un pañuelo del respaldo de la silla y se lo tiró.

–Es más fácil para los hombres –replicó, recogiéndose el pelo en un moño–. Solo tenéis que poneros un traje... ah, pero tú no lo llevas.

Laszlo, que se estaba poniendo el pañuelo al cuello, la miró con toda tranquilidad.

–¿No llevo qué?

–Traje. ¿Piensas ir en tejanos y camiseta?

–No veo qué hay de malo.

–Lo dirás en broma. ¡Laszlo, dijiste que todo el mundo tenía que arreglarse!

Él se encogió de hombros.

–Y estoy arreglado, esta camiseta es nueva. Además, es mi fiesta y puedo ponerme lo que quiera –tomó su mano y tiró de ella para tumbarla a su lado–. ¿Qué pasa?

–No sé qué ponerme. No quiero quedar mal delante de tu familia.

–¿Cómo podrías quedar mal? De no haber sido por ti tal vez no habría aceptado ser el padrino de Pavel –Laszlo se llevó su mano a los labios para besarla tiernamente–. Además, tú estarías guapísima hasta con un saco.

–A mí no me van a mirar, tú eres el padrino. El guapo y serio padrino. Estoy muy orgullosa de ti.

–Eres una buena persona –dijo él en voz baja–. Buena como para comerte.

Sus palabras la excitaron, pero apretó los dientes para contenerse porque no era el momento.

–Tengo que vestirme.

–Sigo sin entender por qué estás tan preocupada, *pireni*. Aunque supongo que yo sentiría lo mismo si estuviera en tus zapatos.

Prudence miró sus zapatos negros de tacón.

–Si estuvieras en mis zapatos provocarías un escándalo.

–No me tientes.

Prudence sintió un estremecimiento de deseo cuando Laszlo pasó una mano por su muslo.

–¿Sabes una cosa? Me da igual lo que te pongas, pero tienes que ponerte algo o no me hago responsable de lo que pase –de repente, se levantó–. De hecho, para evitar problemas me voy al castillo. Si pongo unos cientos de metros de distancia y unos buenos muros entre nosotros tal vez seré capaz de no tocarte –se detuvo en la puerta para ponerse el pañuelo al cuello como un viejo actor de cine mudo–. Ah, y puede que me ponga algo más de fiesta.

Prudence soltó una carcajada.

–Serás tonto.

–Volveré a buscarte a las... no sé, más tarde –Laszlo le tiró un beso–. Ah, las cosas que hacemos por amor.

Cuando desapareció, Prudence sacudió la cabeza.

Solo había sido una broma y sería tonta si creyera que había algo más.

Veinte minutos después, con los labios pintados, se miró críticamente al espejo.

Tal vez el escote era más bajo de lo que ella solía llevar y el pelo recogido no sobreviviría a un baile, pero en general estaba satisfecha. Aunque parecía estar mirando dos versiones diferentes de sí misma. Una mujer serena, fría, con el gris humo del vestido largo de seda realzando su piel de alabastro y su pelo rubio. La otra Prudence era visible solo a sus ojos, sombríos, aprensivos. Quería creer en las palabras de Laszlo, pero...

Al oír un golpecito en la puerta sintió una punzada de emoción.

Cuando abrió, dio un paso atrás, llevándose una mano a la boca. Laszlo estaba increíblemente guapo con un esmoquin, la inmaculada camisa con el primer botón desabrochado y la corbata de lazo cayendo sobre las solapas de la chaqueta.

—Es un esmoquin —murmuró Prudence.

—¿Esta cosa vieja? Lo he encontrado en el armario —bromeó él, mirándola de arriba abajo con un brillo de aprobación en los ojos—. Estás preciosa —dijo en voz baja, alargando una mano para acariciar los mechones de pelo que caían a cada lado de su cara—. Me encanta tu pelo así. Eres como una diosa, como Afrodita.

Prudence lo miraba, sin aliento. Era más apuesto que ningún dios que ella pudiese nombrar. Y, con la camisa abierta y los ojos oscuros y burlones, mucho más sexy.

—Eso explicaría por qué no soy capaz de entrar en calor. Debería estar en una montaña griega —bromeó, con el corazón acelerado.

—Hablando de frío... ¿vas a invitarme a entrar o debo esperar aquí fuera?

–Ah, perdona, entra. Solo tengo que guardar las cosas en el bolso.

Laszlo se quitó la chaqueta y la dejó en el respaldo del sofá.

–¿Qué guardan las mujeres en el bolso? –preguntó, poniendo los pies sobre la mesa de café.

Prudence sonrió.

–Todas las cosas que los hombres guardan en los bolsillos: dinero, carmín, llaves...

–Yo no llevo carmín –protestó Laszlo.

–Y tampoco llevas dinero o llaves, seguro.

Sonriendo, él tiró de su mano para sentarla en sus rodillas.

–¿Y cómo lo sabes? ¿O también has estado registrando mis bolsillos además de allanar mi casa?

Prudence empezó a palparle los bolsillos de la chaqueta.

–¿Lo ves? Nada. Ah, espera... –sus dedos rozaron algo rectangular y cuando lo sacó vio que era una cajita de terciopelo negro–. ¿Qué es esto?

Laszlo se levantó, con el ceño fruncido.

–Ah, demonios. Era una sorpresa.

–¿Para mí? ¿Qué es?

–Ábrela y lo verás.

Con el corazón acelerado, ella levantó la tapa y lanzó una exclamación.

–¡Laszlo, es precioso!

–A juego con tus ojos.

Prudence miró el luminoso collar de perlas grises sintiendo un estremecimiento.

–Es maravilloso, pero yo no te he comprado nada.

Prudence vio que las mejillas de Laszlo se teñían de un oscuro rubor.

–En realidad, no es mío –se aclaró la garganta–. Es

de mi abuelo. Te lo habría dado él mismo, pero estaba ocupado y quería que te lo pusieras para la fiesta.

–¿Tu abuelo? –reiteró ella, sintiéndose ingenua y tonta–. Es un detalle precioso, pero no puedo aceptarlo.

–Claro que sí. Por favor, lo ha elegido él mismo como agradecimiento por tu trabajo.

Prudence se mordió los labios.

–No tiene que darme las gracias con un collar de perlas.

–Por favor, acéptalo.

–¿Debo ponérmelo esta noche?

Laszlo asintió mientras le quitaba el collar de las manos.

–No es tan precioso como tú. Venga, levántate.

Prudence lo hizo y esperó mientras le ponía el collar, notando el roce de sus cálidas manos.

–A ver, date la vuelta.

Las pupilas de Prudence se contrajeron bajo la intensidad de su mirada.

–No necesitas ninguna joya. Tus ojos brillan como perlas –dijo Laszlo con voz ronca–. Y ahora me gustaría darte mi regalo. Siento que no pueda compararse con el de mi abuelo. Si hubiera sido otro hombre le habría dado un puñetazo en la nariz, pero ¿qué puedo hacer? Es mi abuelo.

–¿Tu regalo?

Laszlo se sacó una bolsita de cuero del bolsillo del pantalón.

–Es un *putsi*. Es tradicional que las mujeres gitanas lleven uno –respondió, enredándole el cordón en la mano.

–Es muy bonito –murmuró ella. Al mover la bolsita notó que había algo dentro–. ¿Qué hay dentro?

–Amuletos mágicos –Laszlo se encogió de hombros–. Supuestamente, traen buena suerte y te libran del demonio, si crees en esa clase de cosas. Pero no la abras

—se apresuró a decir, con tono misterioso— o la magia desaparecerá.

Prudence levantó la mirada con expresión incierta y Laszlo tiró de ella, riéndose.

—Es una broma. Puedes abrirla cuando quieras.

—No, creo que esperaré. Guardaré mi suerte para más tarde.

Él le acarició la mejilla.

—No necesitas suerte —murmuró, apretando la curva de su cintura bajo el vestido de seda—. Pero si no nos vamos ahora mismo no habrá amuleto en la Tierra que impida que te arranque ese vestido.

—Estoy lista —Prudence guardó el *putsi* en el bolsito de noche y sonrió tímidamente—. Gracias, Laszlo. Lo tendré cerca siempre. Y me gusta tanto como el collar de perlas.

—Me alegro.

Cuando se volvió hacia la puerta, ella puso una mano en su brazo.

—Espera, ¿y la corbata?

—Déjalo, no soy capaz de hacer el lazo. Mi abuelo puede hacerlo hasta durmiendo, pero estaba ocupado hablando por teléfono.

—Eres un niño mimado —bromeó Prudence mientras le abrochaba el primer botón de la camisa—. Venga, levanta la barbilla. A ver... perfecto.

—¿El lazo o yo?

Poniendo los ojos en blanco, Prudence tomó una *pashmina* que había comprado en el aeropuerto y se la echó sobre los hombros.

—¿Lista?

—No, pero parece que no hay más remedio.

Laszlo la besó en los labios antes de tomarla del brazo.

—Venga, vamos.

Prudence dejó escapar una exclamación de sorpresa al ver frente a ella cientos de diminutas luces en el camino que llevaba al castillo.

—¡Qué bonito!

—Se supone que están ahí para que no nos rompamos el cuello, pero sí, es verdad, parecen libélulas. Todo añade magia a la ocasión.

Prudence se rio.

—No me hagas usar el *putsi*.

—No hay nada malo en la magia. Te lo recordaré más tarde, cuando mi tío Lajos empiece a hacer conjuros.

Un estruendo de música y risas los recibió cuando llegaron al camino de gravilla que llevaba al granero.

Por la mañana se había celebrado el bautizo en la diminuta iglesia del pueblo, llena de sol y de flores. Y al ver a Laszlo con Pavel en brazos podría haber llorado de amor y de envidia. La familia de Laszlo había sido amable y simpática con ella, pero la oscuridad la intimidaba y desearía entrar en el granero como la esposa de Laszlo.

Temblando, intentó apartar ese pensamiento.

—Parece que la fiesta ya ha empezado. ¿Cuánta gente ha venido?

—No lo sé, probablemente cien personas, tal vez más.

—¿Cien personas? —Prudence se detuvo, mirándolo con incredulidad—. ¿Por qué no me lo habías dicho?

—Pensé que lo sabías. ¿Creías que solo serían los invitados al bautizo? No, a la fiesta viene todo el mundo —sonriendo, Laszlo apretó su mano—. ¿Eso importa? Todos son parientes en un grado u otro.

Estaba intentando que se relajase, pero Prudence no podía hacerlo.

—No sé...

—Le caerás bien a todo el mundo, confía en mí.

«Confiar». ¿Cómo podía haber tanto significado en una sencilla palabra?

–Muy bien –asintió, con el corazón acelerado–. Pero tú también tendrás que confiar en mí.

Laszlo abrió la boca para decir algo, pero la puerta del granero se abrió de golpe.

–¡Laszlo, Laszlo!

Prudence se quedó atónita cuando docenas de personas se acercaron para saludarlo, dándole palmaditas en la espalda. Él sonreía y saludaba en húngaro o tal vez romaní.

Había niños corriendo de un lado a otro, abriéndose paso entre los grupos de adultos que se reían y charlaban. Un grupo de hombres con traje oscuro cantaban y tocaban la guitarra y viejos y jóvenes bailaban en el granero abarrotado.

Laszlo la guio hacia una zona que había sido habilitada como guardarropa.

–Bueno, esto sí que es una fiesta. Una fiesta gitana –le dijo al oído.

–¿Cien personas? –le espetó Prudence, acusadora–. Más bien doscientas.

–Casi trescientas, diría yo –respondió él, con ojos burlones.

–¡Eres incorregible, Laszlo Cziffra! Tú sabías perfectamente cuánta gente iba a venir... y seguro que tenías intención de ponerte un esmoquin, ¿verdad?

–Iba a ponerme un traje, pero he pensado que esta noche era especial...

La frase fue interrumpida por una pareja de bailarines que chocó contra él. Prudence parpadeaba sin entender. ¿Qué quería decir con que esa noche era especial?

–Tenemos que hablar.

–Pero aquí no –murmuró ella cuando otra pareja estuvo a punto de chocar con ellos.

Laszlo le pasó un brazo por los hombros en un gesto protector.

–¿Quieres que salgamos? Así estaremos más tranquilos y habrá menos riesgo de acabar lesionados.

–Sí –Prudence hizo una pausa–. ¿Podemos ir a buscar a tu abuelo? Quiero darle las gracias por el collar.

Laszlo miró sobre las cabezas de los bailarines y señaló al otro lado del granero.

–Ahí está, con Mihaly. No me sueltes, no quiero perderte entre la gente.

Empezó a caminar tirando de ella, pero tenía que detenerse cada dos metros para saludar y presentarla. Por fin, llegaron al otro lado del granero, donde había sillas, bancos y mesas con comida y bebida.

–¡Laszlo! –Mihaly le dio un abrazo de oso–. Pero ¿qué es esto? ¿Te han obligado a ser camarero en tu propia fiesta? –luego miró a Prudence, haciendo una pequeña reverencia–. Señorita Elliot, está preciosa. ¿Me haría el honor de concederme un baile?

–No, de eso nada –protestó Laszlo.

Sin dejar de reírse, Mihaly le ofreció su mano.

–No le haga caso, señorita Elliot –señaló a una mujer mayor que se hallaba sentada frente a la pista de baile, con un andador al lado–. Es mi tía abuela. Laszlo bailó con ella una vez.

Los dos hombres se reían, pero Laszlo la apretó posesivamente contra su costado.

–Prudence no bailará con nadie más que conmigo. Y tú también vas a necesitar un andador si no te apartas –le advirtió, en tono de broma.

Intentando disimular la alegría que le producían sus palabras, Prudence miró hacia Janos, que charlaba con otro hombre de su edad.

–Tengo que hablar con tu abuelo.

Janos interrumpió la conversación cuando se acercaron.

–Estás muy guapa, querida.

–Gracias. Y también quería dártelas por el collar, es precioso –poniéndose de puntillas, Prudence le dio un beso en la mejilla.

Sonriendo, el hombre le dio una palmadita en la mano.

–De nada, encantado –miró a Laszlo y Mihaly, que seguían bromeando, y sacudió la cabeza–. Son como niños, pero me encanta ver a Laszlo pasarlo bien –de repente, se puso serio–. Todo el mundo piensa que ha tenido una vida regalada, viviendo en un castillo rodeado de obras de arte, pero ha sufrido mucho –dijo en voz baja–. Ha visto mucha enfermedad, dolor y muerte –Janos sonrió con tristeza–. Por supuesto, me encanta que mi nieto viva conmigo, pero pasa demasiado tiempo encerrado en el castillo y se ha apartado un poco del mundo. Afortunadamente, tu llegada lo ha cambiado y parece mucho más feliz.

Prudence se ruborizó.

–No es mérito mío –murmuró, tragando saliva–. Pero me alegro de que sea feliz porque se merece serlo. Aunque sea irritante y obstinado. No creo haber conocido nunca a nadie como él.

Janos soltó una carcajada.

–Nada que tú no puedas manejar.

–No, hemos llegado a un entendimiento –Prudence se mordió los labios–, pero creo que no es solo Laszlo quien ha cambiado. Tú también lo has hecho.

El anciano asintió.

–Sí, es cierto –sus ojos brillaban de emoción–. Y hay más cambios, pero ninguno hubiera tenido lugar sin tu trabajo y tu paciencia.

Prudence miró el collar que brillaba en su cuello.

–¿Perlas por mi paciencia?

Janos sonrió.

–Es un intercambio justo. Y, por suerte, Laszlo ha recordado darte el collar. Tiene mala memoria...

–Jakob no tiene mala memoria –intervino Laszlo–. ¿De qué estás hablando, *papi*? Jakob tiene una memoria excelente. ¿O estabas hablando mal de mí? –añadió, con una sonrisa traviesa.

Riéndose, su abuelo sacudió la cabeza.

–Eres incorregible.

–Venga, Prudence. Vamos a saludar a todo el mundo –dijo Laszlo, ofreciéndole su mano.

El resto de la fiesta pasó en un suspiro. Prudence bailó, comió y habló hasta quedar ronca. Y luego, por fin, Laszlo la apretó contra su pecho y bailaron hasta que Janos se acercó para decirles que estaba cansado y quería irse a dormir.

–Te acompaño, *papi*. Me vendrá bien un poco de aire fresco –Laszlo tomó su chaqueta del respaldo de una silla y se volvió hacia Prudence–. ¿Quieres que vuelva a buscarte?

–No, iré con vosotros.

Sonriendo, le puso la chaqueta sobre los hombros y juntos se dirigieron al castillo. Pero cuando llegaron al estudio, Laszlo miró a su abuelo con el ceño fruncido.

–¿Estás bien, *papi*?

–Sí, estoy bien, el aire fresco me ha despertado un poco... ¿os apetece un café?

Los dos asintieron a la vez.

La chimenea estaba encendida y cuando Laszlo golpeó los troncos con el atizador las llamas saltaron como para defenderse a sí mismas.

–Siéntate frente al fuego, *papi*.

Janos se sentó y miró alrededor con gesto de disculpa.

–Me temo que he sido un poco tramposo. La verdad es que tengo algo que deciros. Iba a hacerlo mañana, pero no dejo de pensar en ello.

–¿Qué es, *papi*?

Janos hizo una pausa. Parecía particularmente animado.

—Estoy pensando en hacer cambios y me gustaría saber qué os parece.

—¿El foso otra vez, *papi*? —bromeó Laszlo.

Su abuelo negó con la cabeza, sonriendo.

—No, el foso no. Aunque sí tiene que ver con el castillo —hizo una pausa, mirando a Prudence—. Eres tú, querida, quien me ha dado la idea.

—¿Yo?

Después de un momento de silencio, Laszlo se aclaró la garganta.

—No nos mantengas en suspenso, *papi*. ¿Cuál es la idea?

Sonriendo, Janos sacudió la cabeza.

—Eres como tu madre, siempre tan impaciente —miraba a su nieto con expresión tierna y esperanzada—. He estado toda mi vida rodeado de belleza y me gustaría compartir mi buena fortuna con otras personas. Y por eso quiero convertir el castillo en un museo.

Capítulo 11

TODOS se habían quedado en silencio hasta que, por fin, Laszlo sacudió la cabeza.

–Perdona, ¿has dicho que quieres convertir el castillo en un museo? ¿Por qué, abuelo?

Janos levantó las manos.

–Para devolver algo de lo que he recibido, Laszlo.

–Pero ya lo haces. De hecho, a juzgar por mi última reunión con los contables, devuelves mucho.

El anciano negó con la cabeza.

–Doy dinero a obras benéficas, pero esto sería diferente.

Laszlo empezó a pasear por la habitación.

–¿Diferente? Desde luego que sería diferente, y un grave trastorno. ¿Has pensado bien lo que sería tener grupos de gente paseando por tu casa? –se detuvo delante de su abuelo–. No entiendo por qué quieres hacerlo. ¿Y por qué ahora precisamente? –miró a Prudence con expresión interrogante–. ¿Tiene algo que ver contigo? ¿Qué le has dicho?

Ella hizo un gesto de desconcierto.

–Yo no...

–Laszlo, cálmate. Prudence y yo estábamos hablando de su vida en Inglaterra y ella mencionó el museo Soane, eso es todo –Janos miró a Prudence con un gesto de disculpa–. Debería haber esperado hasta mañana. Seguramente ahora estamos demasiado cansados y emotivos después de la fiesta como para mantener esta conversación. Ha sido una tontería por mi parte. Supongo que esa idea ha estado dando vueltas en mi cabeza durante tanto tiempo que olvidé que sería una noticia impactante para vosotros.

Laszlo le apretó la mano a su abuelo. Parecía tan joven y preocupado que Prudence tuvo que apartar la mirada.

—Lo siento, *papi* –lo oyó decir–. Es que no me lo esperaba, pero quiero que me lo cuentes todo.

—No va a ocurrir de la noche a la mañana. Alguien del comité de museos vendrá dentro de un par de semanas para ver lo que tenemos aquí, y luego creo que habrá muchas y largas reuniones. Posiblemente, el castillo no estará preparado para las visitas hasta el año que viene.

Laszlo asintió.

—¿Y cómo funcionaría? No esperarás que yo haga visitas guiadas, ¿verdad? –intentaba bromear, pero su rostro estaba tenso.

Janos negó con la cabeza.

—No, Laszlo, no tendrás que hacer visitas guiadas. De hecho, nosotros no tendremos mucho que ver con las visitas.

—Dado que estarán paseando por nuestra casa, yo me temo que sí.

El anciano se aclaró la garganta.

—El castillo ya no será nuestra casa cuando lo convierta en museo, Laszlo. Cuando se abra al público, nosotros ya no estaremos aquí.

—¿Nos vamos del castillo? –exclamó Laszlo–. *Papi*, ¿de qué estás hablando? Esta es tu casa, nuestra casa. Lleva cientos de años en la familia.

—Lo sé, también yo siento un gran cariño por este lugar. Ha sido un gran privilegio vivir en un edificio tan impresionante, pero ya no es un hogar –Janos se levantó para poner las manos sobre sus hombros–. Este castillo es un museo en todo salvo en el nombre. Los dos tenemos que aceptar eso y seguir adelante.

Durante unos segundos, el silencio solo fue roto por el crepitar del fuego y luego, por fin, Laszlo asintió con la cabeza.

–Supongo que he tardado mucho tiempo en verlo como un hogar y ahora... –se aclaró la garganta–. Pero tienes razón, este sitio es un museo. ¿Se lo has dicho a Rosa?

Janos frunció el ceño.

–No, aún no. Antes quería hablar contigo. Y debo admitir que me preocupa un poco hablar con ella.

–Se acostumbrará a la idea. Mientras pueda cuidar de ti, Rosa será feliz esté donde esté –Laszlo vaciló durante un segundo–. Y eso me lleva a la siguiente pregunta: ¿dónde vamos a vivir?

–Eso dependerá de Prudence.

Prudence tragó saliva cuando los dos hombres se volvieron hacia ella.

–¿De mí? ¿Por qué depende de mí?

–Porque, cuando terminases el inventario, yo esperaba que tomases en consideración la idea de quedarte –respondió Janos–. Me gustaría que fueses la conservadora del museo.

Ella lo miró, perpleja. ¿Quedarse en Hungría? ¿Con Laszlo?

Por fin, encontró la voz.

–Yo no... no sé qué decir.

–No, claro que no. Por favor, no te preocupes. No espero que me des una respuesta inmediatamente. Solo que lo pienses durante unos días... o unas semanas. Tómate el tiempo que quieras.

Con el corazón acelerado, Prudence esbozó una sonrisa.

–Gracias por pensar en mí.

–Querida, no he pensado en nadie más. Debo confesar que estaba un poco preocupado antes de conocerte. Ya sabes, por tener un extraño en casa, pero tu llegada ha sido una bendición –Janos miró a Laszlo esbozando una sonrisa–. Y ahora es parte de la familia, ¿verdad, Laszlo?

Embriagada de emoción, Prudence miró a Laszlo y su burbuja de felicidad empezó a desvanecerse. Porque se dio cuenta de que él no compartía su emoción.

La miraba en silencio, sonriendo torpemente, con un extraño brillo en los ojos.

Y luego se levantó abruptamente, aclarándose la garganta.

–Debo volver a la fiesta. Y tú necesitas descansar, *papi*. Ha sido una larga noche para ti y esto puede esperar hasta mañana. No queremos presionar a la señorita Elliot para que tome una decisión que podría lamentar después.

Prudence tuvo que disimular su pena al ver que salía de la habitación. Por un momento estuvo a punto de correr tras él y exigir que le diese una explicación, pero se contuvo. Laszlo nunca había sido bueno con las palabras, pero en esa ocasión no tenía que serlo. No tenía que explicar nada, sus actos hablaban por sí mismos.

No quería que se quedase.

No la quería en absoluto.

Casi era la hora de marcharse. La carreta brillaba bajo la luz del sol y, despacio, Prudence pasó la mano por los dibujos dorados, los ramos de flores tan puntillosamente dibujados en las paredes de madera. Era una tarea de amor, al menos para el artesano que lo hubiera hecho, pensó, mordiéndose los labios.

Tomó una almohada de la cama y, cerrando los ojos, inhaló el aroma a leña y flores de azahar. Suspirando, miró tristemente por la ventana. Desde allí el castillo parecía dominar el pequeño rectángulo de cristal, bloqueando la luz.

Como Laszlo había dominado su vida desde el momento en que lo conoció siete años antes.

Se tumbó de espaldas y cerró los ojos.

Habían estado a punto de solucionarlo.

El día anterior, por primera vez, Laszlo le había abierto su corazón sobre tantas cosas: su familia, sus miedos...

Había buscado su apoyo, su consuelo. Y ella había querido creer que significaba algo, que había un cambio en su relación.

Su corazón dio un doloroso vuelco. Pero, claro, con Laszlo nunca era nada lo que parecía.

Sintió un escalofrío al recordar su expresión cuando Janos dijo que ella era parte de la familia. Podría haber ignorado su reacción, o dejarla pasar como había dejado pasar tantas cosas porque temía perderlo, pero ya no tenía miedo.

Al contrario, lo que más temía era no ser lo bastante fuerte como para dejarlo.

Se le empañaron los ojos. Había sido tan difícil la última vez, pero por fin había logrado superarlo y volvería a hacerlo. Con el tiempo y con la distancia.

Y por eso había ido a buscar a Janos esa mañana, para decirle que tenía que volver a casa durante unos días. Utilizó la excusa de hablar sobre su oferta con Edmund y él aceptó sin hacer preguntas. Jakob había comprado un billete de avión para esa misma tarde.

Tuvo que cubrirse la boca con la mano para contener su angustia. Una parte de ella quería quedarse, la que sentía como si estuviera desintegrándose. Pero ¿para qué? Su amor no era suficiente para Laszlo, ella no era suficiente para él.

No iba a derrumbarse. Laszlo no la amaba, pero ella tenía su amor propio. Y, si no quería sufrir el mismo destino que su madre, sometida y agotada por un amor imposible, tenía que alejarse de él.

Eso significaba irse de Hungría y no volver nunca más.

Era su única opción. El sentido común le decía que debía marcharse para estar con su familia.

Miró el cielo y frunció el ceño. Y tenía que empezar a hacer la maleta de inmediato.

De vuelta en la casa, con la maleta hecha, fue de habitación en habitación para comprobar que no se dejaba nada. Se le encogió el corazón al ver la chaqueta de Laszlo colgando tras la puerta de la cocina. Se la había puesto sobre los hombros por la noche, cuando salieron de la fiesta, y seguía llevándola cuando Laszlo se marchó y Gregor, el chófer, la acompañó a la casa.

Se la devolvería a la hora del almuerzo. Se había resignado a ver a Laszlo por última vez porque era inevitable, pero con Janos allí no habría riesgo de perder el control y tirarle la sopera a la cabeza.

Pero, a la hora del almuerzo, su silla estaba vacía.

El anciano la miró con gesto de disculpa.

–Tampoco ha bajado a desayunar. Seguramente estará con Mihaly –intentó animarla–. Seguro que llegará en un momento.

Pero no apareció.

Más tarde, esperando en el aeropuerto, tenía los nervios en tensión porque en el fondo había esperado ingenuamente que fuese a buscarla.

Solo cuando estaba subiendo al avión supo que por fin todo había terminado.

Mirando ansiosamente por la ventanilla, vio los campos marrones y verdes desaparecer bajo las nubes. Era mejor terminar así, marchándose. No habría nada que la torturase porque esa última noche en el despacho de Janos parecía haber borrado todo lo demás.

Aunque había sido difícil tomar la decisión de marcharse, y sería mucho más difícil aprender a vivir otra vez sin él, no lamentaba lo que había pasado. Por fin, podía aceptar que no habría un futuro para ellos y, lo más importante, había descubierto que el pasado ya no le daba miedo. Las decisiones de su madre no tenían que ser las suyas.

Tenía el poder de darle forma a su vida y, por fin, podía enfrentarse al futuro sin miedos ni remordimientos.

Mirando con anhelo los aspersores contra incendios del museo, Prudence suspiró. Si pudiera ponerlos en marcha... pero aunque era su último día de trabajo, no podía imaginarse arruinando cientos de valiosos cuadros y estatuas a cambio de una agradable ducha fría.

Londres estaba en mitad del «verano indio» y el calor era agobiante. Poniéndose un mechón de pelo detrás de la oreja, respiró hondo y empezó a hablar:

–Y esta es una réplica del *Apolo de Belvedere* –señalando una estatua, Prudence se volvió hacia el grupo de turistas reunidos a su alrededor–. Es una copia hecha para lord Burlington en Italia alrededor de 1719. Antes de venir al museo estaba en Chiswick House.

Hizo una pausa y miró alrededor. Desde que se marchó de Seymour's había trabajado como guía a tiempo parcial en el museo y, aunque lo disfrutaba, estaba deseando marcharse. Aquel era su último grupo y después de eso...

Se mordió los labios. Después de eso iría paso a paso. Lo importante era que Daisy y Edmund habían sido muy comprensivos. Y, aunque le hubiera encantado alquilar su propio apartamento, había aceptado seguir viviendo con ellos durante un tiempo.

Levantó la mirada y tomó aliento.

—El *Apolo de Belvedere* recibe su nombre del palacio Belvedere del Vaticano, donde ha estado desde principios del siglo XVI. Es una escultura del dios griego Apolo como arquero. Está desnudo salvo por las sandalias y la túnica que cuelga de su hombro.

Hizo una pausa para respirar. En el museo hacía más calor que en Grecia y, de repente, recordó las frescas mañanas de Hungría. La sonrisa se esfumó, pero apretó su cuaderno de notas y siguió adelante.

—Esto concluye nuestra visita de hoy. Si tienen alguna pregunta, por favor, no duden en hacerla. Espero que disfruten del resto de la visita al museo y de su estancia en Londres. Muchas gracias.

Se dirigió al pasillo, donde el aire acondicionado la recibió como si hubiese abierto la puerta de una nevera, abanicándose la cara con el cuaderno.

—¿Perdón? —oyó una voz a su espalda.

Por un momento, le pareció reconocer esa voz, pero no podía ser él. ¿Qué iba a hacer Laszlo en Londres? Ni siquiera se había molestado en despedirse de ella.

El sol le daba en los ojos y, al principio, no podía distinguir la borrosa figura, pero al ver su silueta se le doblaron las piernas.

—Oye...

Prudence sintió sus manos, firmes y cálidas, guiarla hasta un asiento. Le daba vueltas la cabeza.

—Toma, bebe esto.

Le ofrecía agua del dispensador, tan fresca como si

saliera del arroyo que cruzaba los campos alrededor del castillo.

—Bebe —insistió Laszlo, poniendo el vaso frente a sus labios.

El ruido del tráfico entraba en la sala porque la puerta principal estaba abierta.

—¿Está bien, señorita Elliot? —Joe, el conserje, se inclinó sobre ella con gesto preocupado—. ¿Quiere que llame a un médico?

—No, gracias.

—Yo me encargo, no se preocupe —oyó que decía Laszlo.

Joe no se movió.

—¿Le importa decirme quién es usted?

—Soy su marido.

Después de un segundo, Prudence oyó los pasos de Joe sobre el suelo de baldosas y miró a Laszlo, colérica.

—¿Qué haces aquí?

—Termínate el agua.

—¡Responde a mi pregunta!

Él la estudiaba, impasible.

—Lo haré cuando te hayas terminado el agua.

Tragándose la rabia, Prudence se bebió el agua de un trago y le devolvió el vaso.

—Ahora responde a mi pregunta.

—Yo creo que eres tú quien debería responder a mis preguntas. Después de todo, trabajas aquí.

Prudence se quitó la plaquita con su nombre que llevaba en la blusa y la tiró a la papelera.

—No, ya no —anunció, levantándose abruptamente—. ¡Adiós, Laszlo! Espero que disfrutes de tu visita al museo y de tu estancia en Londres.

—No, espera —Laszlo se interpuso en su camino.

—Puedes quedarte ahí todo el día si quieres. Estoy

acostumbrada a los hombres de piedra –Prudence apretó los puños–. No tengo nada que decirte.

–Pero parece que sí tienes mucho que escribir. Sobre romper nuestro matrimonio –Laszlo se sacó un sobre del bolsillo.

–¿Y qué? Te dije en Hungría que quería el divorcio y sigo queriéndolo. No tiene sentido dejar la situación tal y como está.

–¿Y cómo está, Prudence? –murmuró Laszlo con voz ronca–. Yo pensé que eras feliz.

Ella sacudió la cabeza, exasperada.

–¿Desde cuándo te importa a ti mi felicidad? No parecías muy feliz cuando tu abuelo me pidió que fuese la conservadora del museo. O cuando dijo que era parte de la familia.

El recuerdo hizo que sintiera una punzada de dolor y, de repente, apenas podía ver su rostro entre las lágrimas.

–De hecho, eso te hizo tan feliz que desapareciste –añadió, sarcástica.

Laszlo se pasó una mano por el pelo.

–No quería que tú...

–No querías que me quedase, ya lo sé.

–No –la interrumpió él–. No quería que mi abuelo te presionase o te metiera prisa. Parecías insegura y él estaba desesperado por que aceptases. Pensé que seguiría insistiendo y...

–Pensaste que yo diría que sí, así que decidiste hablar conmigo y con tu abuelo –Prudence hizo un gesto de desdén–. Ah, no, no lo hiciste. Te fuiste de la habitación sin decir una palabra.

Laszlo la miró con expresión desolada. Por fin, asintió con la cabeza.

–Sí, me marché. No sabía qué hacer. Habían pasado tantas cosas entre nosotros... y todo seguía sin resol-

verse. Como nuestro matrimonio, por ejemplo. Sabía
que si aceptabas el puesto tendrías que vivir en Hungría.

Prudence sentía náuseas.

—Ah, qué horror. Es lógico que salieras corriendo.

—No estaba pensando en mí. Sabía que eso para ti sería un problema.

Prudence soltó una risa amarga.

—Al parecer, no tanto como para ti. No entiendo qué
intentas decir, Laszlo, pero ¿sabes una cosa? Ya me da
igual.

—¡Pero a mí no! Tú odiabas tener que mentir a mi
abuelo y sabía que sería un problema seguir haciéndolo
durante tanto tiempo. Pensé que si te presionaba te asus-
tarías y acabarías marchándote para siempre... —se le
quebró la voz mientras ella lo miraba con cara de sorpresa—. Y no quería que lo hicieras.

Por un momento, Prudence pensó que había oído
mal. Abrió la boca y luego volvió a cerrarla. El aliento
le quemaba en la garganta.

—¿Por qué? —preguntó con voz temblorosa—. ¿Por
qué no querías que me fuera?

Él inclinó la cabeza.

—Porque te quiero.

—No digas eso, Laszlo —murmuró Prudence, con el
corazón encogido.

Laszlo tomó su mano para llevársela a los labios.

—Voy a decirlo y seguiré diciéndolo hasta que me
creas. Te quiero, Prudence. Lo supe cuando hablamos
del matrimonio de mis padres y me di cuenta de que
solo creía en su amor y no en el mío —hizo una mueca—.
Debería habértelo dicho entonces, pero... se me dan tan
mal esas cosas. Tengo problemas para hablar de mis
sentimientos... y más con la persona que tanto temo perder.

Ella lo miró, exasperada.

—¿Y pensaste que sería buena idea hacerme creer que nuestra relación solo era sexo?

—Soy un idiota.

—Entonces, ¿no lo era?

Laszlo carraspeó.

—Tal vez un poco, al principio. Cuando estaba enfadado contigo —dejó escapar un suspiro—. Pero soy un hombre de carne y hueso y no creo que sepas lo sexy que estás con esa falda y esos tacones...

—Laszlo...

—Pero todo cambió, yo cambié. Quería recuperar a mi esposa. Iba a decírtelo durante la fiesta, pero no fui capaz —soltó su mano y suspiró—. Si te hubiera dejado abrir el *putsi* cuando quisiste hacerlo...

Prudence metió la mano en el bolso y sacó la bolsita de cuero de la que no había sido capaz de desembarazarse.

Laszlo la miraba como hipnotizado.

—Ábrelo.

Ella tiró de los cordoncitos con dedos temblorosos y, cuando volcó la bolsa, en la palma de su mano cayó una bellota, una llave y un precioso anillo de diamantes.

De repente, volvió a sentir que se mareaba, como si estuviera a punto de desmayarse. Pero en aquella ocasión de felicidad.

—Oh, Laszlo...

—Prudence... —tímidamente, Laszlo tomó el anillo y se lo puso en el dedo.

—Pensé que no me querías —murmuró ella, con las lágrimas rodando por sus mejillas.

Laszlo apretó su mano.

—Y yo pensé que tú no me querías a mí —se le quebró la voz de nuevo—. Después de la fiesta fui a ver a Mihaly y se lo conté todo. Me dijo que dejase de ser tan idiota y te dijera lo que sentía –sonrió, con pesar–. En realidad, no usó esas palabras, sino otras bastante más fuertes. Pero cuando volví al castillo te habías marchado y entonces perdí la cabeza y se lo conté todo a mi abuelo.

Prudence se mordió los labios.

–¿Y qué pasó?

–Él también me dijo que era un idiota.

–Ojalá me hubiese quedado. ¿Estaba enfadado?

Laszlo negó con la cabeza.

–No, estaba encantado. De hecho, creo que piensa que tengo suerte de haberte encontrado. Y te quiere casi tanto como yo –Laszlo se puso serio de repente–. Ojalá mi abuela estuviera aquí. Deseaba tanto verme casado y con una familia.

–¿Quieres tener hijos?

Laszlo sonrió.

–Sí, claro que quiero. Muchos hijos, al menos siete.

–¿Siete? –repitió ella, con voz chillona.

–Uno por cada año que hemos estado separados –murmuró Laszlo, apretando su cintura.

–Ah, entonces supongo que deberíamos empezar cuanto antes, ¿no?

–¡Desde luego! Me gustaría ser padre lo antes posible. Como en nueve meses, por ejemplo. ¿Crees que sería posible?

–Puedo hacerlo en siete.

Prudence tomó su mano para llevársela al abdomen, donde Laszlo notó un ligerísimo abultamiento.

–¿De verdad?

–De verdad.

Él la estrechó entre sus brazos, cerrando los ojos.

–Solo nos quedan seis más –susurró. Y luego, abruptamente, la soltó y dio un paso atrás con el rostro ensombrecido.

—¿Qué ocurre?

—Todo fue muy rápido cuando te fuiste. Mi abuelo y Rosa se han mudado a la casa, pero... a partir de mañana yo estoy en la calle.

—Pues este es mi último día de trabajo, así que a partir de hoy estoy sin empleo.

Se miraron en silencio y luego los dos soltaron una carcajada.

—En la riqueza y en la pobreza —dijo Laszlo—. No te preocupes, no voy a hacerte vivir en una caravana.

—No me importa...

—Pero a mí sí —un ligero rubor coloreaba sus pómulos—. Sé que no debería decir esto, pero no me gusta vivir en caravanas. Hay más corrientes de aire que en el castillo. Además, estando embarazada me imagino que querrás vivir cerca de tu familia.

Ella asintió.

—En realidad, estoy viviendo con ellos. Querían estar a mi lado cuando llegase el bebé.

—Y eso es lo que quieres, ¿no? —preguntó Laszlo con ansiedad.

Sonriendo tímidamente, Prudence se apoyó en su torso.

—Quiero vivir con mi marido, pero me gustaría estar cerca de ellos —suspiró—. Es una pena. La casa de al lado estaba en venta y hubiera sido perfecta, pero no salió al mercado siquiera. Aparentemente, el comprador ofreció dos veces lo que pedían y...

Laszlo carraspeó.

—A lo mejor le gustaba mucho el sitio.

Prudence lo miró, desconcertada.

—¿La has comprado tú?

—Creo que tus vecinos pensaron que estaba mal de la cabeza, pero tenía que comprarla. No sabía si querrías volver a dirigirme la palabra...

–¿Y habías decidido perseguirme? –Prudence le dio un manotazo, pero estaba sonriendo.

–Pensé que si era tu vecino no podrías evitarme. Solo tendría que ganarme tu confianza otra vez.

–¿No me digas? ¿Y cómo pensabas hacerlo?

–Deja que te lo demuestre –murmuró Laszlo, besándola hasta que, por tercera vez esa tarde, Prudence Elliot pensó que iba a desmayarse.

Bianca

«Esto solo es una partida de ajedrez para ti
y yo soy un oportuno peón...».

Nicodemus Stathis, un magnate griego, no había conseguido olvidar a Mattie Whitaker, una hermosa heredera. Después de diez años de deliciosa tensión, Nicodemus por fin la tenía donde quería tenerla.

La familia de Mattie, que había sido muy poderosa, estaba a punto de arruinarse y solo Nicodemus podía ofrecerles una solución... ¡una solución que pasaba por el altar!

Quizá ella no tuviese otra alternativa, pero se negaba a ser la reina que se sacrificaba por su rey. Sin embargo, la seducción lenta y meticulosa de Nicodemus fue desgastando la resistencia de su reciente esposa y las palabras «jaque mate» dichas por él anunciaban algo prometedor...

SUYA POR UN PRECIO
CAITLIN CREWS

Acepte 2 de nuestras mejores novelas de amor GRATIS

¡Y reciba un regalo sorpresa!

Oferta especial de tiempo limitado

Rellene el cupón y envíelo a
Harlequin Reader Service®
3010 Walden Ave.
P.O. Box 1867
Buffalo, N.Y. 14240-1867

¡Si! Por favor, envíenme 2 novelas de amor de Harlequin (1 Bianca® y 1 Deseo®) gratis, más el regalo sorpresa. Luego remítanme 4 novelas nuevas todos los meses, las cuales recibiré mucho antes de que aparezcan en librerías, y factúrenme al bajo precio de $3,24 cada una, más $0,25 por envío e impuesto de ventas, si corresponde*. Este es el precio total, y es un ahorro de casi el 20% sobre el precio de portada. !Una oferta excelente! Entiendo que el hecho de aceptar estos libros y el regalo no me obliga en forma alguna a la compra de libros adicionales. Y también que puedo devolver cualquier envío y cancelar en cualquier momento. Aún si decido no comprar ningún otro libro de Harlequin, los 2 libros gratis y el regalo sorpresa son míos para siempre.

416 LBN DU7N

Nombre y apellido	(Por favor, letra de molde)
Dirección	Apartamento No.
Ciudad	Estado Zona postal

Esta oferta se limita a un pedido por hogar y no está disponible para los subscriptores actuales de Deseo® y Bianca®.
*Los términos y precios quedan sujetos a cambios sin aviso previo.
Impuestos de ventas aplican en N.Y.

Deseo

Amor sin tregua
Kathie DeNosky

Cuando Jessica Farrell apareció en el rancho de Nate Rafferty embarazada de cinco meses, él no dudó en declararse. Pero la guapa enfermera no se fiaba, temía que el rico vaquero siguiera siendo de los que tomaban lo que querían y luego se marchaban. Nate la tentó con un mes de prueba bajo el mismo techo, y enseguida empezaron a pasar largos días y apasionadas noches juntos. Pero ¿podría darle Nate a Jessie el amor que realmente buscaba? Había empezado la cuenta atrás…

Amor sin tregua
Kathie DeNosky

Un vaquero salvaje y un bebé por sorpresa…

Bianca

Él tenía que hablar ya…
o callar para siempre

Eduardo Vega había tenido en otro tiempo el mundo en sus manos, y una esposa a juego con su posición, hasta que un accidente cruel le alteró la memoria y perdió muchas cosas. Ahora había llegado el momento de buscar a la esposa fugada y volver a unir por fin las piezas perdidas de su rompecabezas.

Después de haber hecho lo posible por curar las heridas del primer matrimonio, Hannah Weston estaba a punto de desposarse con un hombre que le daba seguridad. Pero momentos antes de dar el sí se encontró de frente con un fantasma peligrosamente tentador del pasado.

MAISEY YATES
MATRIMONIO EN JUEGO

MATRIMONIO EN JUEGO
MAISEY YATES